EARTH STAR NOVEL

HAKUSHOKUFUNMATSU ILLUSTRATION : SHISHIZAR

TITAN

WARRIORS OF ADDSWORTH

1 ティタン アッズワースの戦士隊

白色粉末 *illustration*：獅子猿

ティタン
アッズワース要塞の伝説に語り継がれる英雄。死後300年後の世界に蘇る。
アメデュー
かつてティタンが愛した女・アメデューと同じ名と容姿を持つ女神パシャスの巫女。

ティタン アッズワースの戦士隊 1

白色粉末

illustration：獅子猿

EARTH STAR NOVEL

AKUSHOKUFUNMATSU ILLUSTRATION : SHISHIZARU

WARRIORS OF ADDSWORTH

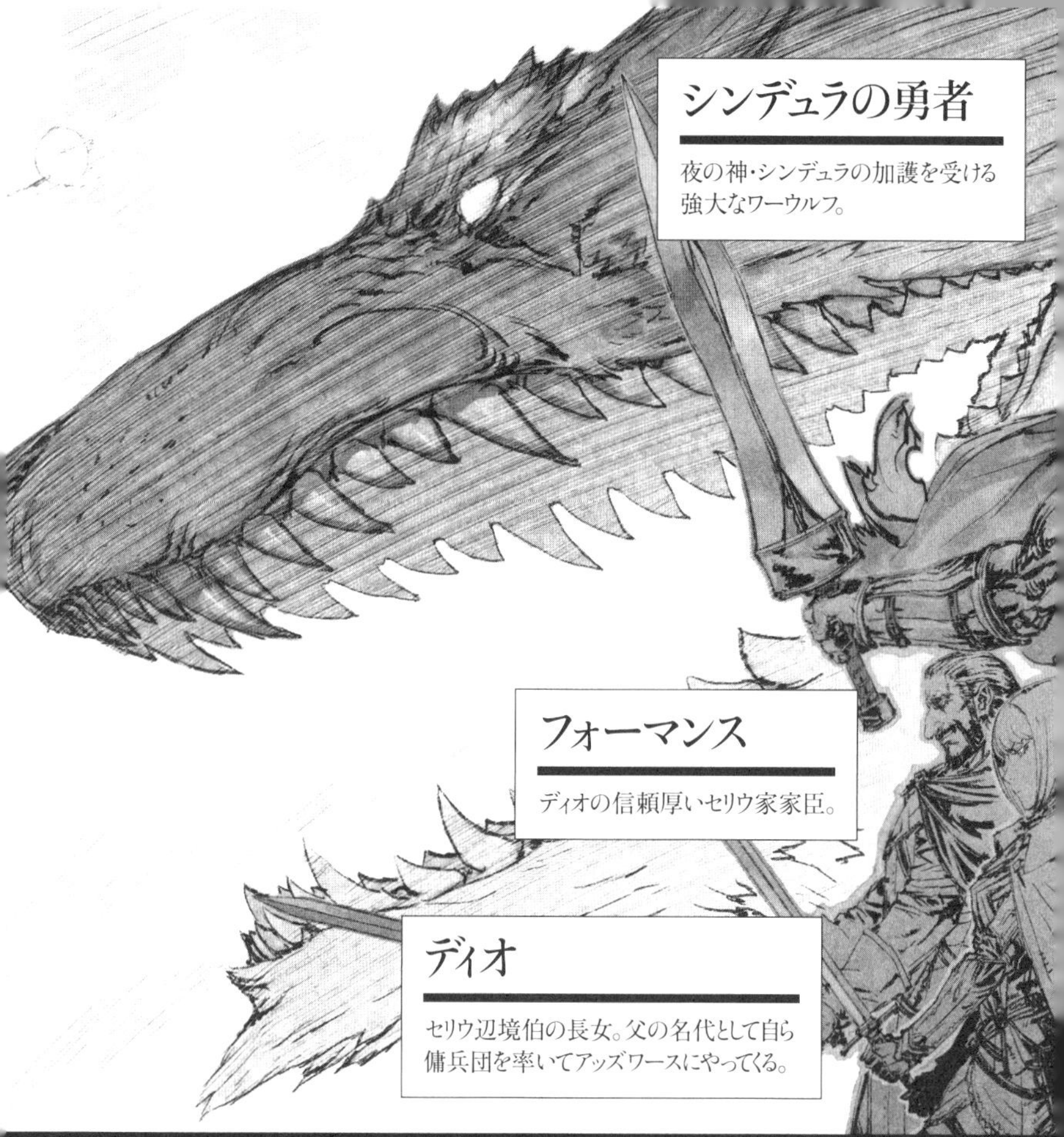

シンデュラの勇者

夜の神・シンデュラの加護を受ける強大なワーウルフ。

フォーマンス

ディオの信頼厚いセリウ家家臣。

ディオ

セリウ辺境伯の長女。父の名代として自ら傭兵団を率いてアッズワースにやってくる。

人物紹介

persons

TITAN

EARTH STAR NOVEL

HAKUSHOKUFUNMATSU ILLUSTRATION : SHISHIZARU

TITAN

WARRIORS OF ADDSWORTH

目次

contents

戦士ティタン 1 …… 012
戦士ティタン 2 …… 028
戦士ティタン 3 …… 060
闘将ディオ 1 …… 096
闘将ディオ 2 …… 116
闘将ディオ 3 …… 138
闘将ディオ 4 …… 162
闘将ディオ 5 …… 192
闘将ディオ 6 …… 226
アメデュー・ウル …… 248

戦士ティタン　1

頬を泥と煤塗《まみ》れにしたアメデューが、乱れた蜂蜜色の髪もそのままに口付けてきた時。

ティタンは城壁の階段から転げ落ち、脳震盪を起こしていたから、まともに返事も出来なかった。

「ティタン、ありがとう。そしてさようなら」

「ま……、あ……」

待て、とそういったつもりだったが、出て来たのは意味を成さない声。顔を歪めて身を捩りながらティタンはアメデューに手を伸ばす。

いつも凛々しく吊り上がっているアメデューの眦《まなじり》が今だけは優しくなっている。己の運命に殉ずる、諦観にも似たその気配。

アメデューは震えるティタンの手を握り、そして強く抱き締めてくる。互いの首に喰らいつくように抱き合えば、アメデューの汗と血の交じり合った甘い香りがした。

「いつだってお前のことを思っている。私の魂が主神の御許に留め置かれるのか、裁かれるのか、それ以前に黒竜との戦いで打ち砕かれるのかは解らないけれど……。

でも、私の心は如何なる時もお前の傍にいる。……お前を愛している。お前が私を愛してくれたように」

ゆっくりと離れる愛しい女。ティタンは漸くと言った有様で言葉を捻り出す。

「待て……。俺も、……俺も、行く……」

しかしティタンは立ち上がれず、アメデューはティタンを待たなかった。

背を向けて駆け出すアメデュー。ティタンは獣のように唸った。

「待て……！　畜生、俺を……置いて……行くな……！」

畜生、畜生。

巨大な黒竜のブレスによって焼き尽くされ、破壊されたアッズワース要塞。上司、戦友、好きな者もそうでない者も一切合財纏めて焼き滅ぼされた。

そして己の命より愛した女すら。

生命の気配の薄くなった大地に興味を失い飛び去る黒竜。ティタンはこの日の事を何があっても決して忘れない。

己の無力と、敵。そして自分を置いて行ったアメデューを激しく憎悪したこの日を。

ティタンは決して忘れない。

◇　◇

「ティタン殿！　ティタン殿！　どちらに！」

足音高く陣幕の合間を歩いてくる騎士。ティタンは剣に砥石を這わせながら視線を遣り、直ぐに戻す。

アッズワース要塞より北の渓谷部を進んだ位置、ワクトー川の水に濡れた剣がぬらぬら光る。夕日を跳ね返すティタン自慢の名剣は澄んだ刀身に使い手の仏頂面を映し出している。

浅瀬の水を掬ってもう一度砥石を這わせる。ティタンを呼ぶ騎士は直ぐ傍まで来ていた。

「こちらに居られましたか」

「相変わらず騒がしいな、アンタ」

「声がでかいのが自慢ですので。それよりもトリニト将軍が御呼びです」

「解った、直ぐ行く」

騎士は己が胸に握った拳を打ちつけた。籠手に包まれた手とブレストプレートが打ち鳴らされ音を立てる。

敬礼だ。ティタンは目を細めた。

「……アンタ、畏まり過ぎじゃないか、傭兵相手に」

「そのような事は」

「クラウグスの誇る正五位の王国騎士がへいこらしていると、面白くない者も居るだろう」

「……ご冗談を」

クラウグスの騎士とは軽い名ではない。この大陸で最も恐れられるのがクラウグスの戦士達であり、クラウグスの騎士とはその中核を担う者達だ。

古よりこの国家、クラウグスは全ての勢力に恐れられてきた。厳しい環境、様々な外敵によって磨かれてきたクラウグスの戦士達は、泣き言も無く死地に乗り込み、悲鳴も無く死んでいく。

祖国の為に死を厭わない本物の戦士達だ。その狂気とでも言うべき精神性、鍛え上げられた肉体の屈強さが、全ての者達を震え上がらせ、大陸随一の強大な国家を築き上げるに至った。

誰よりも真っ先に血を流し、命を奉げる戦士の気位が、低い訳が無い。その筈の男をして阿《おもね》らせる程の格がティタンにはある。

「竜狩りケルラインと彼の許に集いし戦士達。黒竜を討ち果たし、戻られたのは貴方と騎士ブリーズナンのみ。どうして敬意を表さずに居られましょうか」

「他の者は遠巻きにしてひそひそと何か言ってるぞ」

「貴方が兵どもを近寄らせないのではありませんか。それに陰口など叩いている筈はない。我が軍随一の勇者を侮る者が居たならば、私は騎士としてその者を制裁しなければなりません」

騎士は口端を緩めて微笑んだ。ティタンは顔を背けて声を低くする。

「アッズワースの大英雄か……、不本意だ。……俺の望みは戦いの果てに死ぬ事だった」

「しかしあの恐ろしき竜と相対して尚生き延びられた。戦士は、力ある限り戦い続けなければならない」

「最近よく聞くな、その口上。流行りなのか？」

「騎士ブリーズナンが若手に語って聞かせているのです。私も同感です」

力強く言ってみせる騎士はティタンよりも年上だ。ティタンは漸く二十八、三十まであと少しで手が届きそうな所。まだまだ若造扱いされる年である。

比べて騎士は四十も間近と言った所か。その言葉には諭すような響きがあった。

「……もう行ってくれ。それとも共に向かったほうが良いのか？」

「いえ、万全を。……貴方の刃の閃きがゴブリンどもを恐れさせ、我等を奮い立たせます」

「期待に添えるよう努力するさ」

もう一度敬礼して騎士は立ち去った。ティタンは澱みない動作で剣を研ぎ上げ、道具を腰の革袋へとしまう。

ゆらりと歩いてゆけば道行く兵士達がティタンを見る度に会釈し敬礼した。ティタンはそれらに目もくれず、ゆらりゆらりと一つの天幕を目指す。

他と比べて一際大きい天幕は高級将校の会議用の物だった。ティタンがそこに踏み込めば、天幕の主が顰《しか》め面で迎える。

「遅いぞ」

「剣を研いでいたんでね」

「座れ」

老将トリニトは疲れ果てた表情で言う。元々顔色のよい人物ではなかったがここ最近の激務で皺《しわ》は増え、まるで生気が無い。

力があるのは声音だけであった。ティタンはトリニトの言うままに椅子の一つに座る。

先に席についていた数人の騎士達が立ち上がり、敬礼してきた。ティタンは仕方なく拳を胸に当て応えた。

「厄介なのが現れたぞ、ティタン」

「厄介なのか。先日追い散らしたオーガどもよりも？」

「ふん、奴等あれだけ尻を蹴り飛ばしてやったのに、懲りもせず戻ってきおった。……大勢の仲間を引き連れてな」

苦々しく言うトリニトに、ティタンは状況の拙《まず》さを悟った。暗い土色の肌を持った鬼どもは非常に手強い。人間では抗いようの無い怪力を持っている。

ティタンを含め、この場に陣を敷いた兵士達はアッズワース要塞所属の精鋭だ。アッズワース要塞は広大なクラウグス王国の北の果て、人と魔物の領域を隔てる場所に存在する。

アッズワースは古より魔物との戦いの最前線であった。魔物の地である北から南下してくるゴブリン、オーク、オーガ、ワーウルフ、……兎に角何でも全てを追い返すために、オルカン大渓谷を塞ぐように建設されている。

そして其処に駐留する兵士達は要塞の防衛は勿論、周辺の魔物の間引きも積極的に行わなければならない。人も物も激しく損耗し、昨日と今日、今日と明日で少しずつ僚友の顔ぶれが入れ替わっていく、恐ろしい戦場であった。

今は北部より進攻して来た魔物達を押し返すために打って出ている。そして、どうやら深入りし過ぎたらしい。

「アンタが読み違えるとは……、クラウグスの未来は暗いな」

ティタンは皮肉を吐き出した。トリニトは非常に知恵の働く、軍歴も長い指揮官だ。ティタンの知る限り失態らしき失態を演じた事は無い。

それがこうも苦々しい顔をしていて、しかも多くの敵が迫りつつある状況のようだ。ティタンはにたりと笑った。

ティタンに取っては望む所である。苦境を求めていた。トリニトが苦い顔をするほどの苦境を。

「しかしそうとなれば殿軍に志願する。戦わせてくれ」

「……」

「そういう事なんだろう？　何日踏み止まればいい」

「二日だ。援軍を加えて二日で攻勢を再開する」

二日。如何に屈強な戦士達を集めても魔の気配の濃いこの場所で魔物の大軍勢を相手取るのは難しい。相当の戦力が必要になる。ここまで魔物達の領域を進んできたアッズワースの戦士達は疲労も深い。

だが、敵を足止めする……捨て駒部隊に戦力を割き過ぎては本末転倒だ。矢張り生残は難しい。

ティタンは小さく笑った。

「二日か。二日あれば流石の俺もくたばりそうだ」

「あぁ、死守だ」

「ありがたい、トリニト将軍。俺はそういう戦いを望んでるんだ」

トリニトはむっつりと黙り込んだ。死を恐れぬティタンの姿にその場に居る騎士達は敬礼を奉げる。

雄叫びを上げて奮い立つのでも、ただ使命に邁進するのでもなく、ティタンは自然体であった。平素のままの装い、所作で、まるで散歩に行ってくるとでも言うように死んでやると言ってのけたのだ。

だが、崇高な使命の為に死ぬのではない。そこが騎士達とティタンの思考の違いである。

ティタンは立ち上がり踵《きびす》を返す。やることが定まれば、準備すべき事は幾らでもある。

天幕を出る前、むっつりと黙り込んだままのトリニトを振り返る。ティタンは目を細めて笑っていた。

「思えば黒竜戦役以前からアンタとは長い付き合いになった。…………その、なんだ、トリニト将軍。アンタとアンタの部下達に、名誉と栄光あれ」

「……ティタン、貴様の魂にこそ、名誉と栄光あれ。貴様の勇気と誇り高き戦いを、主神レイヒノムは必ずやお認め下さるだろう。…………貴様が英霊の座にてアメデューと再会できることを祈る」

やれやれ、とティタンは溜息を吐《つ》いた。

「そうだな、将軍。それも俺の望みだ」

——親衛隊総指揮官、ブリーズナン・アリューカンは残す。

北の大地、人魔の領域、その境目を守る戦士の中の戦士、ティタン。

その筋骨は強靭且つしなやか。一振りの剣で以て敵に襲い掛かる姿は天空より舞い降りる鷹。

体捌きは俊敏。思考は常に怜悧《れいり》。顔だけでなく背にも目を持ち、如何な奇襲も彼には通用しない。竜狩りの英雄ケルライン・アバヌークの掲げる旗の許に集いし戦士達の内、最も秀でたるは彼であり、たとえ神話まで遡ろうと彼に比肩する戦士は稀である。

己が栄光の為でなく、死せる戦友のために命を賭す。タジャロ要塞にて黒竜を討ち果たせし後、生き残ったのは彼と私のみである。

北の果て、アッズワースを越えたさらにその北で、動きを活発化させた魔物達との激戦の末に命を落とす。

私は重ねて彼を評す。彼の名はティタン。

戦い、勝利するために生まれて来た戦士の中の戦士。ケルライン・アバヌーク、インラ・ヴォアに次ぐ大英雄であり……

その戦い、その生き様は永遠の物だ。

◇　◇

古臭い英雄の詩を歌い上げる吟遊詩人がいる。錆びかけたボロのハープを愛しげに奏でる黄金色の長髪眩しい美貌の青年だったが、彼の歌を聞くのはフードを目深に被った剣士一人きりだ。

アッズワース要塞大通りで一番の酒場、「群青の樹」は今宵も無数の荒くれ達でごった返しているが、吟遊詩人の詩に聞き入る者は居ない。

三百年も昔の古臭い詩。それもこのアッズワースの周辺では最も親しまれている詩だ。赤子の子守唄のような物で、今更物珍しさを覚えるような詩でないのは確かだ。

じっとそれに聞き入る剣士以外には。

「……以上が、クラウグス暗黒の時代を切り開いた大英雄が一人、剣士ティタンの歌だ。聞いてくれてありがとう」

美貌の吟遊詩人の謝意は剣士にのみ向けられていた。この剣士が周囲を黙らせていなければ、今頃詩人は野次やら何やらでまともに歌えなかったに違いない。英雄ティタンの詩など子供向けの御《お》伽噺《とぎばなし》のような物だ。少なくとも酒場で荒くれ共に聞かせる歌でないのは確かだった。

剣士が掌中で弄んでいた硬貨を弾く。吟遊詩人は危なげなくそれを受け取り、鈍く光るその意匠が古い時代の貴重な金貨の物である事を理解すると顔色を変えた。

「こんな貴重な物を……冗談だろう？」

「そう思いたきゃそう思え」

「こ、これを……どうしろって」

「それはもうお前の物だ。お前の物をどうしようとお前の勝手だ」

ぶっきらぼうに告げて杯を傾ける剣士。詩人は言葉を失った。

剣士は面白がって言葉を続ける。

「……三百年もかけて、随分と美化されたモンだ。剣士ティタンも」

「美化だなんてとんでもない。北の英雄ティタンの戦いは全て本当のことさ」

「本当かどうかなんて今更解るまい。それに……ティタンが英雄だと？」

「英雄さ。彼が英雄でなかったら誰を英雄と呼ぶ？」

決まってる。剣士はカウンターに座り直し、店主に酒を要求した。店主は店で一番高い酒を惜しみなくグラスに注いで出す。

剣士のマントは一見して古びた襤褸《ぼろ》切れのようだが、その下にはよく使い込まれた革鎧が隠れていることを知っている。整備も疎《おろそ》かでない。歴戦の戦士の装いだ。

それに先程惜しげもなく放って見せた金貨。金払いは期待できた。

「竜狩りケルライン、だ。お前が英雄と呼ぶティタンも、その他クラウグスの為に命を奉げ、捨て身で戦った高潔とされる戦士達も、全てケルライン・アバヌークの雄叫びに突き動かされたに過ぎない」

吟遊詩人は金の髪を揺らして苦笑した。誇り高く居丈高な古代の神々すら一目置く英雄の名を引き合いに出されては全てが霞む。

吟遊詩人は剣士の隣に座って弱い酒を頼んだ。ジッと、剣士のフードの内側を覗き込もうとする瞳から好奇心が窺えた。

酒を一息に干した剣士は暫く俯いて、饒舌に話し始める。酒には強くないらしい。

「想像できるか？　相手は竜だぞ。風より速く飛び、ちょいと炎の息を吐き出せば戦士達が何人いようと為す術《すべ》もない。鱗は頑強でどんな刃も鏃《やじり》も通さず、そして何より残忍だ。

どうしても希望を見出せなかったから、ケルラインに縋ったんだ。それしか出来なかった。ケル

ラインと彼の掲げる竜狩りの旗を頭から信じ込む事で、不安を遠ざけたんだ」

「……伝承では、彼の掲げる竜眼の旗には戦死した英霊達が青き光へと転じて宿り、黒竜と戦った軍団はその英霊達と神々の助力を得て漸く硬き鱗を破ったと」

もう一杯傾けながら、剣士は胡乱《うろん》な目付きで詩人を睨む。詩人は怯《ひる》まず言い募った。

「もしかして伝承に詳しいのかい？　僕も竜狩りの伝承を集めて回ってるんだ。何せ大昔のことだから、色んな説があったり細部が違っていたりして。実はさっき歌ったのもブリーズナン・アリューカンの手記を殆どそのまま使ってるんだ。……君の話も是非教えてくれ」

「あぁ教えてやるとも」

剣士の声は別段大きくも無いのに、妙に響いた。

「ティタンは英雄なんかじゃない。奴が黒竜と戦ったのは女に置いて行かれた八つ当たりだし、死ぬまで戦場にしがみ付いたのは自分で死ぬ度胸が無かったからだ。自死は恥ずかしくて、やるせないから、死地を求めてアッズワースに居座った。

クラウグスを護りたかった訳でも、民草を守りたかった訳でもない。……多少は強かったのかも知れないが、それだけさ」

「へぇ……。随分となんていうか……、話の正誤は別にしても……」

随分ティタンに感情移入するもんだね。吟遊詩人はその言葉を飲み込んだ。剣士が虎か獅子もかくやと言う眼光で睨んでくるのが容易に想像できた。

吟遊詩人が口籠る間に剣士は立ち上がる。店主に必要充分以上の金額を支払って背を向けた。

「じゃぁな。内容は兎も角、声は良かった」

「ねぇ君、名前を聞いても？」

「…………ティタンだ」

「へ？」

「ティタンだ。残念ながら偽名じゃないぜ」

吟遊詩人は耐え切れなくなって笑った。

「成程ティタンか！　そりゃ子供の頃からさぞやからかわれて来たんだろうな！　僕でも英雄ティタンが大嫌いになるかも知れないよ！」

「……ふん」

「ならばティタン！　僕の歌を大真面目に聞いてくれた剣士さん！　また会える時を楽しみにしている！」

面白そうに笑う吟遊詩人の声を背に受けながら、剣士ティタンは酒場を出た。

夕日が地平線に沈んでいく。燃える日輪を追い立てるようにして薄紫の闇が空を覆っていく。

妙に生温い風が吹いている。ティタンの知っているアッズワースの風よりも大分暖かい。

道行く傭兵の一人と肩がぶつかる。傭兵は「気をつけろよ」と言ってそのまま去っていく。ティタンは鼻を鳴らす。

この要塞は、変わった。その役目は変わらないのに、妙に生温く、腑抜けていて、大層居心地が悪い。

少し空を見上げてみた。気の早い星達が薄紫の空に俄かに輝いている。ティタンは大きく息を吐き出した。酒臭かった。

「そうさ、英雄ティタンなんて物は、全部まやかしだ」

三百年。

途方も無い時間が経っていた。四方八方からオーガの牙を受けて死んだと思ったが、目覚めた地では全ての戦いは風化した黴《かび》臭い伝説と成り果て、自分はかつて共に戦った大英雄達と共にまるで救世の戦士のような扱いを受けている。

あの真面目腐った仏頂面の騎士、ブリーズナンはさぞや当時の事を面白おかしく美辞麗句で飾り立てて記録したのだろう。そうでなければ自分がこんな胸糞悪い思いをしている筈は無い。

畜生、結局俺は情けない間抜け面をぶら下げたまま、アッズワースを這いずり回っている。

燃えるような怒りが胸を焦がす。発作のように唐突に燃え上がる怒りは通り雨にも似ている。

アメデュー。未だ主神の御許に居るのか？　それとも冥界を治める循環の神ウルルスンに導かれ、新たな魂として生まれ変わったのか？

どうして俺を置いて行ったんだ。俺じゃ、力不足だったのか。

「あぁクソ、だらしねぇな」

酒では酔えない。戦いだけが苦痛を忘れさせてくれる。

戦いをくれ。脳髄までとかし、五臓六腑まで焼き尽くすような、戦いをくれ。

その果てに死ねば、きっとアメデューは俺を迎えてくれるに違いない。

ティタンは何もかもが変わってしまったアッズワースで、魔物との戦いを求めて歩き出した。

戦士ティタン　2

アッズワースは北の一大拠点だ。魔物の南下を抑える軍事拠点として大渓谷をぴたりと閉じるように建設され、内部には駐留する兵士達のみではなく、それらを支える様々な要員が営みの一部として組み込まれている。

矢張り兵士や傭兵の多く集まる拠点である為、鍛冶師や歓楽街の人間が多い。次点で様々な商機を求めてやってくる商人。何せアッズワースは年がら年中防衛の為の戦力を貼り付けておかなければいけない金食い要塞、一大消費地だ。当然といえる。

それらの陰に隠れるように細々と畑作、畜産を行う生産者。食料の大半を他所から賄うアッズワースでは少数派だ。

言葉にするだけでも随分と広大な要塞都市だ。男女の別無く武装した者達がひっきりなしに行き交い、線の細い男娼や露出の多い娼婦達が幅を利かせ、鍛冶場から昇る煙が幾筋も空を汚す。

剣呑で淫靡で雑多な都市だった。雑踏に紛れながらティタンは鬱陶しそうな顔をする。記憶の中のアッズワースとは、何もかもが違いすぎる。

自分が知っているのは三百年前のアッズワースで、そして三百年もあれば人々の営みと言うのは変わる物だ。

以前のアッズワースはもっと小さかった。三百年の間に増築を繰り返し、肥大化して今の巨大さを誇るようになった。

空気も今よりは遥かに厳かだった。兵士は常に命の危険を意識し緊張を強いられ、忠実、厳格である事を求められた。ティタン達傭兵はそこいらの事情は多少緩かったが、それでも規則を何とも思わないような輩《やから》は容赦なく淘汰された。トリニトは不安要素を排除するのに躊躇《ためら》う男ではなかったからだ。

戦いは過酷だったが、その分、兵士、傭兵問わず褒賞は良かったし、酒も賭博も娼館も当然の権利として許されていた。そんなティタンの記憶に残るアッズワースと比べ、この三百年後のアッズワースは何か良く解らないものの坩堝《るつぼ》と化している。

浮浪者が増えた。言うまでも無く戦闘要塞には不必要な存在だ。戦うでもなく、商うでもない、ティタンにしてみれば何故アッズワースに居るのか皆目見当も付かない存在だ。

そしてただでさえ歓楽街を形成する人間と商人達でキナ臭いのだ。生活の安定しない者を取り込んで後ろ暗い事をするやくざ者が出てくる。彼等は通りから外れた路地裏を行き交い、忙しなく薄汚い小金と一時の快楽を追い求めている。

それを取り締まる筈の兵士は士気が低く、規律に忠実な者が余り見受けられない。また戦う者としての力を感じない。これはティタンにとって全く驚くべきことだった。

クラウグスの戦士と言えば雄叫び一つで近隣諸国の雑兵どもを震え上がらせる存在だ。昔のクラウグスの国土は広大ではあったが決して肥沃とは言い難く、また気候は人間に厳しく、魔物や邪霊など様々な危険要素に悩まされていた。それらの問題を跳ね返すために、クラウグス人は強く謹厳でなければならなかったのだ。その強さが幾度もの国難を退けた。

戦う者達は皆自らの名誉と栄光を追い求め、クラウグスと言う国家がそれを与えてくれると信じて疑わなかった。全ての同胞、全ての兄弟達を守り抜いて死ぬことこそ至高であり、信奉する王の命令とあれば如何な死地にも踏み入った。

そんな裂帛の気は、今はもう無い。兵士達はかつての実直さをアッズワースの山間にでも放り捨てて来たのか、戦う者としての誇りを失って自堕落さを隠そうともしない。

そしてその兵士達と肩を並べて戦う筈の傭兵達も、随分と間抜け面が増えていた。

「馬鹿みたいに数ばかり増えやがった」

三百年の間にアッズワースでは傭兵の扱い方が大きく変わったようだ。

以前は駐留する兵士達と比べて少数の傭兵達が招集され、正規兵とそう変わらない編制、運用が成された。

今は数えるのも億劫な程の傭兵が居る。彼等は厳格に指揮、統率されている訳ではなく、クラウグスの南部に本拠を置いているらしい傭兵ギルドのアッズワース支部で手軽に登録し、その証明となる木彫りのエンブレムを持ってアッズワースの外へと出て行く。

後は適当にゴブリンの耳でも千切りとって要塞内へと戻り、その耳を〝間引き〟の証として褒賞を受け取るのだ。

要塞を守ると言うより、出稼ぎにでも行くような感じだ。戦力を評価すべき立場の人間の日が無いところで戦うのだから、勇猛さや同胞を守る気高さなどではなく、数字のみが尊重される。

ここでは人間は数字になる。無数の傭兵をまともに統率しよう等と言う気は誰も持たず、数字が減ろうとも誰も気にしない。ゴブリンの耳の稼ぎ方などどうだっていいと思っているし、誰が持ってきても耳は耳なのだ。

気楽で、ふざけた話だった。だからこそティタンが出自を怪しまれることも無く潜り込めたのだが。

ティタンは今日も泥で汚れたギルドの玄関を潜《くぐ》る。面構えだけは一人前然とした者達が小金ほしさに受付に行列を作っている。男も女も、老いも若いも関係ない手合い達だ。

傭兵ギルドアッズワース支部は要塞正門から向かって右側の職工街を越えた場所にある。アッズワースでは鍛冶師などの職人は大切にされていて、職工街は広く整備され一応兵士の巡回も多い。比較的治安のよい区画だ。これで傭兵ギルドが無ければ誰も治安の心配をせずに済むのだろうが、とティタンはぼんやり考える。

しかしギルドを悪し様に言いつつもティタンに戦いをくれるのはギルドだ。今更クラウグスの兵士として志願したとてまともにやっていける気がしなかった。腰の骨を酒と娼婦に抜き取られたような、あんな連中とは共に戦えない。

ギルドは、まだ良い。傭兵達はここ数日観察して見当を付けたとおりの、威勢と口がでかいだけのろくでなし集団だったが、一人で戦いに行っても誰も咎めない。誰が死んだところで翌日には誰もが忘れ去る。ティタンの事だってそうやって消し去ってくれる筈だ。

「次」

「はい、次、どうぞ次」

ぼんやりと見ていると傭兵達の列は猛烈な勢いで捌けて行く。受付が行っているのは要塞を出入りするための手続きを簡略化するための通行証の貸与だが、それだって傭兵の登録情報が記された革細工をちょいと見せればぽいと渡されるいい加減な手続きだ。一応忙しく羊皮紙に記録している受付も居るが、どれ程の意味を持っているかは疑問だ。

程なくしてティタンの番が来る。年若い、とても傭兵ギルドには似つかわしくない痩身の青年は、そこまで澱みなく傭兵達を捌いていた手を止めてティタンの顔をまじまじ見た。

「ティタンさんですね、今日もお一人で？」

「言う必要が？」

青年はうーんと一つ唸って、結局通行証である木彫りの紋章を渡してくる。

「確かに、ありませんね。お気をつけて」

腕のある職人が拵《こしら》えた獅子のエンブレム。手続きはいい加減だが紋章はよい出来だった。何者かが不埒な考えを起こしたとして、偽造するのは一苦労だろう。その意味があるとは思えないが。

受付を離れれば、青年はまた猛烈な勢いで行列を捌きはじめた。ティタンは掌サイズの木彫りのエンブレムを指で弾き、くるくると回転するそれを丁寧に受け止める。

握り締めた手を開けば咆哮《ほうこう》する獅子。表だ。

よい戦いに恵まれそうだ。ティタンは一人きり、仏頂面のまま歩き出した。

◇　◇

哀れな狼の耳が、一晩飲み明かすのに十分な金になる。ティタンは学んだ。

アッズワースの北部へと踏み入り、暫く歩き続けた先の森の中に湖を見つけた。水場は誰にだって必要な物だ。人間にも、魔物にも。

そこで群れから逸《はぐ》れたらしいワーウルフを一頭狩った。ティタンと同じぐらいの背丈に小振りな牙と爪を持ち、妙に痩せ細っていた。

ワーウルフと言えばオーガと並んで恐怖の代名詞だ。細身ながら隆々と盛り上がった肩と腿、体毛は針金のようで生半な刃を通さず、闇の中で出会えば熟練の戦士もその牙の前に死を覚悟した。

それが随分と貧相な事になっていた。

「（たまたま痩せ狼に出くわしたのか？）」

ティタンは考えたが、魔獣は寧《むし》ろ餓えている時こそ恐ろしい物だ。

自分勝手な失望だけが胸に残る。アッズワースに帰還したのは夕暮れ時だった。

「これは……ワーウルフの……。失礼ですが、お一人で……？」

「言う必要が？」

朝、ティタンの対応をした青年が驚いた顔をしている。人狼の耳は少なくとも彼にとっては希少で、手に入れるのが困難な代物のようだった。

朝と同じようにティタンが冷たく返せば、青年は唖然と首を振る。

「……いえ、ありませんね。毛皮はお持ちでは？　革鎧の素材として需要があります」

「ふぅん？　そうだったのか」

これは意外な情報だ。ワーウルフの皮は加工後の劣化が激しく余り好まれては居ないというのがティタンの認識だった。

加工技術に進歩が見られる。三百年間、職人も同じ事だけを繰り返しているわけでは無いらしい。だがそれを抜きにしてもティタン達の時代、金の為に相手の皮も骨も奪いつくすという事は余り褒められた行いではなかった。金の為に戦うのは言い訳のしようもないが、それでも限度と言う曖昧な線引きを誰もがしていた。

傭兵達は己の討ち取った強力な魔獣の身体を使い鎧や装飾品を拵えた。それは力と誇りの証明であったが、必要充分以上を求めなかった。力を持つもの、持たぬもの、分相応の装いをしていた物だ。

戦士の姿は金では買えない物だったのだ。少なくとも昔は。

ティタンだって傭兵だ。金を卑しむ気持ちなど全く無い。だが首級を掲げて勝ち誇るのは兎も角、進んで屍骸を辱める気にはなれなかった。

「爪と牙は装飾品、毛皮は鎧、扱いは困難ですが心臓は強壮薬になります。ワーウルフは強敵ですが、余裕があれば是非お持ち帰り下さい。ギルドで厳正に査定させて頂きますので」

「厳正に、ね」

皮肉っぽく言うティタン。ティタンの印象として、ギルドは〝厳正〟と言う言葉の似合わない組織だ。少なくともこのアッズワース支部は。

ティタンの表情の意味を読み取ったか、受付の青年は困った顔を返す。

「報酬を頼む。毛皮に関しては……気が向いたら、次から考える」

「え、えぇ……。是非そうして下さい。ギルドの利益にも繋がりますので……。ではこちらを」

受付カウンターに積まれたのは灰色掛かった銀貨が五枚。

「五万クワンです。……残念です。毛皮と、牙もあればこの倍はお出しできます。……それでもワーウルフを相手に命を賭すには少な過ぎますが」

「くどい」

「……これは失礼を。ティタンさん、ギルドは常に優秀な人材を欲しています。今後とも宜しくお願いします」

青年は極めて丁寧に一礼してみせる。

ティタンは碌に返答もせず、さっさとギルドを去った。

足元が覚束なくなるまで痩せた狼を殺して、それで優秀な戦士と言えるのか。ティタンには疑問だった。

◇　◇

金銭を得るのが簡単な世界になった。

不潔でひ弱な小鬼。人間で言うところの、少年ほどの背丈や腕力しか持たないゴブリン。そいつを五匹も仕留めれば一週間問題なく食っていける。そして他の者がどうかは知らないが、ティタンにはそれを容易に行える実力があった。

かつて強敵であった魔物達は目に見えて貧弱になっている。クラウグス歴代の王の統治によって、大陸を覆う魔の気配が薄まったせいなのか……。金を手に入れるのは簡単でも、強敵を見つけるのは難しい世界になった。

昔はよかったな、とティタンは老人のように思う。

敵も味方も強者揃い。価値のある戦士には惜しみない賞賛が、勇敢な死者にはまごう事なき名誉が与えられた。ただ生き抜くだけで困難であったが、少なくとも充実していた。

黒竜の襲来でその全てが崩れ去った。

三百年前、ティタンが嘗《かつ》て生きていた時代、古の戦士達と神々によって封じられた強大な竜が蘇った。黒い鱗は如何なる刃も跳ね返し、一度飛び立てば瞬く間に山々を越え、そのブレスは岩すら溶かす。

魂までも焼き滅ぼす、地獄の最も深き谷の青き炎すら操り、黒雲と見紛う程の無数の飛竜を支配し、神々すら喰らい尽くさんとする欲望と野心を備えていた。

クラウグスは壊滅した。国土の大半は焼き払われ、比喩で無く人口は半減した。黒竜だけでなく、その襲来に浅ましくも乗じた様々な外敵。住み慣れた家屋を追われ、祖霊達の墳墓を辱められ、全ての者達は筆舌に尽くしがたい絶望に喘いだ。

ティタンの愛した女、アメデューも黒竜に殺された。蜂蜜色の髪を靡《なび》かせる後ろ姿を今でも思い出す。勇敢で、意地っ張りで、しかし愛嬌があった。アッズワースに所属する騎士であったアメデューと共に居たくて、ティタンはそれまで所属していた赤銅の牡鹿戦士団を脱退した。それぐらい、アメデューにイカレていた。

復讐に身を投じるのは当然だった。それを成し遂げて死地を求めてみれば、何故か三百年後のアッズワースに居る。思い返してみてもさっぱり意味の解らない状況だ。

「ゴブリンの右耳……七匹分ですね。……その様子ですと、矢張り腕はお持ち頂けていないようですね」

「ふん」

ギルドの受付で唸る青年と、鼻を鳴らすティタン。ここ一ヶ月で何度も行われたやり取りだ。

ゴブリンの肘関節の骨は何をどうやったらそうなるのかティタンには全く理解できないが化粧液の材料となるらしい。げに恐ろしきは調合の神秘である。

ティタンは魔物を討伐しても証となる部位しか持ち帰らないことでギルド職員達の話題を呼んでいる。当然、良い話題ではない。

「何故そんなに頑ななんです？」

「頑な？　俺はこの哀れな耳の持ち主達を殺して来いとしか言われて無いんだ。其処から先は俺の自由だろう」

「そうですが……貴方の収入に直結する事ですよ。どうしてそこまでストイックなんです。節制の神アケロの信徒ですか貴方は」

「一応は慈愛の女神パシャスの信徒だ。加護を願った事は無いがな」

ふしゃぁーと威嚇する受付の青年。肩を竦《すく》めて見せるティタン。

青年の隣では作業を終えたギルド職員が苦笑している。そのギルド職員は仕方なし、と言った風情で青年を窘めた。

「テロン、後ろがつっかえてる。その人に難癖付けたきゃ仕事が終わってからにしろよ」

「ううん……！　ティタンさん、次はどうかお願いしますよ。ギルドも結構苦しいんです」

「くどい」

「はぁ……どうぞ次の方！」

受付の青年、テロンは大きな溜息を吐いてティタンに報酬を渡した。それを受け取ると、ティタンはもうテロンに目もくれなかった。

一月ほど魔物を狩って、狩って、狩って、ティタンはやりたい事があった。今日はそれを実行する日だ。

アッズワース北西の一角は巨大な墓地になっている。アッズワースでの戦いで散った名誉ある戦死者達を埋葬するための霊地だ。当然、国家の管理下にある。

その最奥部には古びた石碑があった。ティタンの身の丈よりも大きな計七基の慰霊碑で、其処に刻まれた名前はティタンに取って重要な意味を持っている。

三百年前の、黒竜との戦いで散ったアッズワースの戦士達の名だ。見知った名前が幾つもあり、しかしあって当然、と思われるような名が何故か載っていないこともある。混迷を極めた時期であったから仕方ないといえば仕方ない。

黒竜を討ち果たして数年後に死んだ（とされている）筈のティタンの名も何故かある。しかも石碑群中央の最も巨大な石碑、その最上部だ。ティタンにしてみれば複雑な心境であった。

そして、アメデュー・ウルの名も。

ティタンはこの三百年後の世界で、苔生《こけむ》し、風雨によって磨耗し、所々欠けた慰霊碑の事を常に気に掛けていた。

年月によって全ての出来事は人々から忘れ去られていく。物事は曖昧になり、其処に確かに生きていた人々の熱は失われ、何時しか古臭い神話と成り果てていく。

この慰霊碑だってそうだ。三百年前に起こった竜との戦いの事など今の時代を生きる人間達にはさして意味を持たない。御伽噺程度にしか思っていない。

誰が信じる？　クラウグスの総力を以てしても打倒し得ぬ、神々すら恐れさせた黒竜。それに立ち向かう英雄と、彼の号令で冥府の壁を越えて立ち上がる青き魂達。

無数にある作り話としか思わない筈だ。ティタンだって実際にその時、その場に居なければ、そこいらに転がっている誇張された英雄譚だとしか思わなかった。

「（だが、戦った。確かに俺は戦ったんだ。竜狩りケルラインの掲げる旗に従い、多くの戦士達や、青き光を纏った英霊達と肩を並べて）」

三百年。何時しか戦士達の慰霊碑は朽ち果て、人々の記憶が風化するように刻まれた名も磨り減っていた。

この慰霊碑を修復しようと言うのは、ティタンの感傷だった。

「物好きな傭兵も居たもんだなぁ」

アッズワースの戦士達の埋葬地。霊地の慰霊碑前にて、褐色の肌の鍛冶師ミガルはティタンの背中に投げ掛けた。

「一クワンの得にもならないってのに」

「それはお前の気にすることじゃない」

「へーへー御尤もで」

ミガルは控えめに言っても大女だ。ティタンも背が高いほうだが、ミガルはそれより尚高い。でかい図体相応に、威勢も態度もでかい女だった。しかしアッズワースの職工街出身で生まれた時より様々な技術を学び、鍛造のみでなく石材等も扱える。彫金や細工もこなすと言うのだから見かけに依らない優れた職人だ。

この一月、ティタンの剣を研いでくれた鍛冶師でもある。短い付き合いだが仕事の丁寧さに関してティタンは深くこの女を信頼していた。

「まぁ三百年も前の物だ。当然だが酷く傷んでるね」

「……石碑そのものは気にしなくていい。流石に補修の許可が下りなかった」

「だろうね。周りの壁なんかは兎も角、流れ者の傭兵に慰霊碑を好き勝手させるようじゃ、アッズワースも終わりだよ」

それぞれの石碑の様子を見て回りながら溜息を吐くミガル。三百年前の慰霊碑群とその周囲を囲む石壁、供物を奉げる神々の祭壇と無残に割れた石畳。全てが風化し、土に埋もれ掛けているそこは、彼女にとっては遺跡のような物だ。

「石畳を掘り返して、崩れた柱を……壁も所々……。結構掛かるよ、時間も金も。五十万クワンじゃ流石に引き受けられないね」

「足りない分は稼いでくる。…………別に一月二月で直せとは言わない。のんびりやってくれ」

「ふーん？　言っとくが、アンタが死んじまったらそれまでだよ。受け取った金の分まではこのミガルの誇りに懸けて直すけど、払えなくなったらそこで御終いだ」

「それで良い」

ミガルは所々焦げた赤髪をかき上げる。

「それじゃ、あたしの工房に戻って詳しい話を詰めよう。……あたしも半端な仕事はしたくないからね、長生きするか、若しくはさっさと金を入れてくれ」

「遠慮の無い女だ」

「傭兵如きに一々遠慮してられるか」

堂々とした態度のミガルにティタンは思わず笑った。握り拳を作って胸を打ち、その後に手の甲を使って額を打つ。そして漸くミガルへと拳を差し出す。

ミガルはきょとんとした。

「…………なんだそりゃ。何かのまじないか？」

「……戦士の古い作法だ。知らないなら良い」

ティタンは小さな溜息を吐いて握り拳を解く。そのまま手を差し出せばミガルも同様に手を差し出してくる。

強い握力での握手。確かめるように視線を合わせ、二人は頷いた。

「何だかんだ言ったが、アンタみたいな酔狂な奴は嫌いじゃないよ」

「酔狂でやってる訳じゃない」

「へぇ？」

ティタンは石碑を振り返る。アメデュー・ウルの名に目が吸い寄せられるようだった。

◇　◇

ティタンはそれからも精力的に魔物を狩った。ティタンの、今の時代の感性に合わせて言えば古臭い考えが毛皮や爪を奪い取る事をさせなかったが、それでもティタンの手元には相応の銀貨が貯まって行った。

直ぐに話題になった。酒は嗜む程度、女も博打もやらず、只管《ひたすら》魔物を殺して回って銀貨を数えている陰気な男。ティタンはそんな印象で、しかも常に一人であったから、当然目を付けられる。

「おい、随分稼いでるみたいだな」

ティタンの宿は二階建てで一階は食堂兼酒場になっている。昼間は普通の飯屋だが夜には酒も振る舞う。

呑めば、暴れる奴も出てくる。ティタンは人相の悪い男女四人組が馴れ馴れしい笑みを浮かべて声を掛けてきた時、少しも驚きはしなかった。

「多少な」

「ギルドで見たぜ、今日も随分儲けたみたいじゃねぇか。ゴブリン四匹はまぁ良いとして……オーガの一つ、ワーウルフに至っては三つだぁ？　幸運だったなァ！　どこで見つけたんだ?!」

大仰に両腕を持ち上げて見せる男と、それに続いて囃《はや》す者達。

見つけた、と言う言葉をティタンは聞き咎めた。

「見つけた？」

「なんだよ、別に恥ずかしい事じゃねぇだろ。あのデカブツと犬ころは仲が悪いからな……。縄張り争いでもして相打ちになった奴から切り取って来たんだろ？」

「お前の目には俺の剣がただの棒切れに見えるらしいな」

ハッキリとした冷たい怒りを語気に乗せてティタンは言った。二日掛かりの狩猟。オーガは渓谷で、ワーウルフはその先の水場で仕留めた。アッズワース要塞からティタンの健脚でもかなりかかる場所で、そこまで行くと一般の傭兵達が〝狩り〟を行う領域からは逸脱している。

要塞周辺にはゴブリンやジャイアントバットなどが我が物顔でうろついている。飯の種には困らないから、誰も危険領域までは踏み込まない。ティタンの戦いの様子を目撃した者は居なかった。

「じゃぁ何か？　お前一人でオーガとワーウルフを仕留めてきたってのかよ。……ひっひっひ！

こりゃおもしれぇ！」

「楽しそうで何よりだ」

「見得の切り方が下手糞だなぁ若造！　まぁ良いじゃねぇか、俺達に一杯奢ってくれりゃ、格好の付け方って奴を教えてやるぜ！」

「間に合ってる」

男を尻目に歩き去る。

鼻を鳴らしてティタンが二階に上がろうとすると銅の杯が飛んできた。頭を引くと杯は鼻面を掠めて階段の手摺《てすり》へと当たり、ティタンの足元を安酒で濡らす。

少なくない飛沫《しぶき》が防塵マントとフードを汚した。ティタンは目を細める。

「まぁ、聞けよ、小僧。酒を注文してな」

男が凄んで見せていた。取り巻きがニタニタ笑いながらティタンの様子を窺っている。

「傭兵かと思ったら……違ったか」

そう零しながらティタンは頬に飛んだ酒の飛沫を拭い、おろおろしていた宿屋の娘を呼び付ける。

長い前髪で目を隠したパッとしない娘だが、良く気の回る働き者だ。

ティタンはなるべく優しく娘に言った。

「ここで一番高い酒は幾らだ？」

「……八百クワンです」

「この場に居る連中に二杯ずつ呑ませてやれ。あそこに居る傭兵の振りした乞食どもにもな。余りはお前がとっておけ。世話になってる礼だ」

ティタンは銀貨五枚を娘に押し付ける。そう大きくも無い宿だ。五万クワンあればこの場に居る全員に二杯と言わずその倍を飲ませてもまだ余る。

「こんなに貰っても」

「良い。早く準備しろ。……お前ら、俺の奢りだ！　そう多くないが味わってくれ！」

事の成り行きを興味津々に見守っていた野次馬達から歓声が上がる。凄んで見せていた男の顔は赤黒く変色し、俄かに震えていた。

「ワーオ、太っ腹」

取り巻きの女がぽつりと漏らす。男は余裕を見せるように首を鳴らしながら立ち上がったが、実際に余裕があるようには到底見えなかった。

「下手《したて》に出てやったら……ちと勘違いしちまったか。……おい小僧、上手い喧嘩の売り方を知ってるじゃねぇか」

「喧嘩を売るだと？　冗談は止せよ」

ティタンは宿の娘が準備する杯の中から一つ取り上げ、高らかに掲げた後飲み干した。

仕草の全てに自信と色気がある。堂に入っていた。

「物乞いを虐《いじ》めてどうするんだ」

宿に笑い声が満ちる。表に出ろ、と男が怒鳴った。

◇　◇

一対四と言うのは正直圧倒的な戦力差だ。同格の者四人が相手なら勝利する術は無い。

だがティタンはただ相手が多勢と言うだけで恐れる心算は全く無い。オーガがゴブリンを恐れないように、赤銅の牡鹿がタングルテンの大蛇を恐れないように。

戦士は、戦士でない者を恐れない。

傭兵とも呼べない、耳の数を数えることばかりに腐心する出稼ぎ作業者如きに膝を屈するのは、それこそ死んでも御免だった。

それに相手にどの程度までやる心算があるか、と言うのも疑問だ。要塞の中には当然秩序と法が存在し、それを守る為に兵士が存在する。

正直、ティタンは目の前で勝利を確信している四人組を殺してしまったとしてもちっとも後悔しないだろう。

相手はどうか？　酔った勢いで絡んださして関わり合いもない相手を殺す為に、リスクを負う覚悟があるのか。

もし「ちょっと囲んで小突いてやろう」くらいの心算なら、その傲慢のツケを払わせる必要があった。

絶対にだ。

「先に言っておくが」

ティタンは全く気負わずに切り出す。

フードの影に垣間見えるティタンの目が爛々と光り出す。異様な気配がその立ち姿にはある。

「俺はお前等が死んでしまっても良いと思ってる」

「脅し文句の勉強をしてきな、小僧」

「脅しじゃない。加減する理由が無いから、お前らは多分死ぬ。……不名誉な行いの末の死者を神々はお認めにならない。そこだけは、……まぁ、少し哀れに思う」

ティタンはそこまで言ってから気付いた。目の前の四人はそもそも傭兵とは呼べない相手だ。名誉ある戦士ではないのだ。

彼等の魂の行き着く先を気にする必要はそもそも無い。名誉も栄光も無く、冥界を治める循環の神ウルルスンによって相応の場所に導かれるだろう。

ま、良い。そう呟くティタンに、四人組は理解できない物を見るような視線を向けた。

「お前……何言ってんだ。……へ、へへ、はっはっはっはっは……。こりゃ面白いや、神官か何かか？　てめぇはよ」

「神官でなくとも、魂の行き着く先は知っている。……殺す以上埋葬はしてやる。そこだけは安心していいぞ」

乾いた笑いを上げても、凄んで見せても、ティタンが返すのは淡々とした静かな殺気だ。

「俺は物乞いを虐めたりはしないが、行いの代価は支払わせる。必ずだ。容赦しない。慈悲もかけない」

四人組も流石にティタンの妖しさに気付いた。得体の知れない妖怪じみた不気味さがティタンにはあった。

ん、とティタンは唸った。おいおい嘘だろう、と言う様な気持ちだ。

四人組の顔色が目に見えて悪い。元より乏しかった卑屈な闘志がどんどんと萎んでいく。

おいおい嘘だろう。吐き捨てる様に胸中の憤りを言葉に表した。

自分は何もしちゃいない。何もだ。少しばかりこれからする事を話しただけだ。

それだけで、何故怯えて腰が引けてしまうんだ？　ティタンには全く理解できなかった。

「何をビビってる。まだ何も始まっちゃいない」

「……ハッタリばかり上手いじゃねぇか。……お前のようなのがたった一人でやれる筈が無いんだ。オーガや、ワーウルフなんて、そんなのを……」

「何だと？　……まさか、それで怯えていたのか？」

ティタンは舌打ちした。大きな溜め息がおまけに付いていた。

「今の時代、お前等みたいなのが多過ぎる。……まともに相手をするのも面倒な白ける連中ばかりだ。矢張りお前らは傭兵じゃない。お前らは腰に剣を佩《は》き、威勢よくゴブリンの耳を千切り取って来るが、決して名誉ある戦士とは呼べない」

ギラリ、とティタンの目が四人組を射貫く。

「失せろ物乞い。二度と俺の視界に入るな」

その言葉にリーダー格の男が暴発した。

「クソッタレが！」

走りながら剣を引き抜こうとしている。ティタンはゆらりと足を前に出す。真っ直ぐではなく、右斜め前に逸れるように歩き、敵の向きと距離感をずらす。

男が剣を引き抜いた時ティタンは身を沈み込ませていた。振り上げられる刃、だが、姿勢は崩れている。

ほんの少しの移動、ほんの少しの挙動、それだけで力の向きは逸れた。ティタンは頭《かぶり》を振ってもう一度溜息を吐きたい気分だった。

この程度の足捌きに惑わせられる力量しか持たない者が、でかい面をして管を巻き、いい気になっている。

ティタンは目を細め男の崩れた姿勢に付け込んだ。閃く刃を潜り込んでかわし、向きの揃わない男の両足を掬い上げる。

容易《たやす》く転倒する男の左腕を捻り上げ無理矢理うつ伏せにする。背中を踏みつけて拘束し、少しずつ腕に力を込めた。

「どうした？　お前らはこないのか？」

ティタンは残った三人を挑発するが、彼等は足が凍りついたかのように動けないでいる。

捻り上げた腕が鈍い音を立てたのはその直後だった。男は絶叫した。

「お、おあぁぁ！　あがぁぁぁぁ!!」

ティタンはジッとその様子を見詰めている。フードから覗く顔には何の表情も浮かんでいない。完全に闘志を断った。いや、闘志とも呼べない矮小な感情を。

「放せ！　腕が、肩が折れちまった！　放してくれぇぇ！」

「折っちゃいない。その気も失せた」

ティタンは男を解放した。男は力の入らない左腕にすっかり消沈してしまい、ティタンが離れた後もうつぶせのままみっともなく呻き、涙を流す。

「二度目だ、失せろ」

◇　　◇

その翌日ティタンを待ち受けていたのはアッズワースの兵士達だった。

黴臭く、薄暗い部屋で取調べを受けながら、ティタンは苛立たしげな様子を隠しもしなかった。

「幾らもらったんだ？　後学の為に教えといてくれ」

「何？」

「ちょいと肩を外してやっただけだ。ゴロツキ同士のその程度の諍いに、一々首を突っ込むのは面倒な筈だ。普通ならな」

頬杖をついて吐き捨てるティタンを囲む兵士達は、一様に上品とはいえない笑みを浮かべている。

あぁやっぱりな、とティタンは零す。

「あの屑どもは見かけに依らず我々アッズワースの精兵達への敬意と言う物を常に持っている」

精兵と言う所でティタンは吹き出しそうになった。

「アッズワースも来るところまで来たな」

「あー、おほん、話を進めよう」

「同感だね」

「お前の罪状は騒乱罪と暴行罪。幾ら傭兵同士とはいえ罪無き者に一方的に襲い掛かり怪我を負わせるなど見過ごせん」

「おいおい」

罪無き者に一方的に襲い掛かり、と来たか。ティタンは今度こそ吹き出した。

「過去を捻じ曲げるとなると偉大なる神々の御業の一端だな。こんな所に御降臨なさっているとは思いもしなかった。偉大なる神よ、名を伺っても？」

「傭兵如きに一々名乗りはしない」

頬のこけた兵士は相変わらずニヤニヤしながら話を続ける。

「ま、アッズワースでは傭兵同士の喧嘩なんて何時もの事だ。一々大事にしていたら時間が幾らあっても足りなくなる。俺としては厳重注意で済ませたいが、それには必要な物がある」

「言って見ろよ」

「お前が充分に反省し、アッズワースの法に敬意を払っているという証だ」

「それはつまりどんな物だ？　予想は付くがな」

「証明の方法は複数あるが……。まぁ俺としても解り易いほうがいいな」

凄い場所になった、アッズワースは。

高が一兵士が、神の如き尊大さで真実を捻じ曲げ、昼日中から堂々と賄賂を要求している。

かつてのアッズワース司令官トリニトがこの惨状を知れば悲鳴を上げるに違いない。あの老将の性格からして粛清の嵐が吹き荒れるだろう。

ティタンは語る価値なし、と肩を竦めた。

「悪いな。昨日も酒を奢ったんだ。毎日お前らみたいな物乞いに恵んでやってたんじゃ、とても金が足りない」

「……こいつをぶち込め。暫くアッズワースの法を学ばせてやろう」

◇　◇

それから三日間、ティタンは雑居房の中で過ごした。アッズワースの雑居房と言うのは実に不愉快で棲み辛《づら》い場所である。まともに調査するのも馬鹿らしい軽犯罪者や、酔って暴れた傭兵を取り敢えず一晩ぶち込んでおくような場所だ。

通常なら身柄を押さえている内に調査と取調べが行われ、身の振り方を決められる物だが、ティタンは恣意的に牢に留められた。ティタンは三日間薄暗い牢の中で身体が鈍らないよう、同居人達を房の隅へと追いやって入念なトレーニングに励んだ。

「なぁ傭兵さん、よく飽きねーな」

無心に腕立て伏せを続けるティタンに、隅に追いやられた犯罪者の一人、灰色の髪を一纏めにした少女が詰まらなそうに聞いてくる。

アッズワースに蔓延《はびこ》るスリ集団の構成員らしい。ティタンが三日前ぶち込まれた時には既に中に居て、二日目に一旦出されたと思いきや、三日目には房に逆戻りしてきた間抜けだ。

最初ティタンがトレーニングの為に空間を空けるよう要求した時、真っ先に刃向かって真っ先に思い知らされた女でもある。今となっては寧ろ開き直っているようだった。

「牢屋にぶち込まれてまで鍛えるかよふつー」

「ジッとしてると身体は鈍る。鈍ったら、戦えない」

「汗臭ぇーんだよ。狭苦しいし、ちょっとは遠慮しろ」

「お前らだって生ゴミ臭いぞ。なにやらかしてきた」

「そ、そりゃ、その……、うるせーな！　臭ぇーのは解ってんだよ！　逃げる時にゴミ溜めに突っ込んじまったんだ！」

「ひひひ、頭からな」

灰色髪の少女の後ろから、その仲間と思しき少年が茶々を入れる。

「でも……あんたの身体凄ぇな。傭兵ってのは、鎧を脱ぐと皆そうなのか？」

感嘆したように言う灰色髪。視線は汗を滴らせるティタンの裸身をじっくりと検分している。

痩身にも見えたが全身を覆う筋肉は確かな物だ。腕や腹が動く度に皮膚の内側でのたうつ力がありありと伝わってくる。

引き絞られた弓を連想させる肉体だった。硬く、鋭く、だがしなやかで、その上にうっすらと脂が乗り、持久力を併せ持っている事が窺えた。

「さてな。今はどうだか」

「あん？」

「昔はな、戦う者なら鍛えるのが当たり前だった。……ここの牢番の腹を見たか？　とても兵士とは言えない体付きだ。まるで酒樽に枯れ木を突き刺して手足と言い張るような」

「あー、そうだな、アイツは確かにダサいや。……あんた、ティタンって言うんだろ？」

「そうだ。馴れ馴れしく名前を呼ぶお前は？」

ティタンは腕立て伏せを終えて床に腰を落ち着けた。埃っぽくなった手を打ち合わせて塵を払い、肌着を拾い上げる。

灰色髪は幾分か目を光らせながら名乗る。

「あたしはオーメルキン。あんたの事は少し知ってるよ。強いんだってね」

「そうだな、まぁそうなんだろう」

オーメルキンは口笛を吹いた。何の気負いも無く答えるティタンに何を感じたのか、口元を綻ばしている。

「まぁそりゃ、ティタンって名前で弱かったら目も当てられないもんな」

「迷惑な話だ。誰も彼もティタンと言う名前に幻想を見ている」

「……へへ、嫌いなの？　自分の名前」

「良いとも悪いとも思った事は無い。俺はティタン、それだけだ」

「なんだ、格好つけちゃって。ねね、ワーウルフを一人で何頭も狩ってるって……」

「貧相な痩せ狼なら何頭か銀貨に換わってもらった。お前も耳の数を信用しないクチか？」

「そんなこと無いよ。でも凄いじゃん、一対一でワーウルフに勝てる傭兵なんて、簡単にはお目にかかれないんだぜ？」

オーメルキンのティタンへ向ける視線は真っ直ぐだった。アッズワースの小悪党が、英雄を見るような目でティタンを見ている。ティタンは何故か可笑しくなった。

「俺を煽《おだ》てて何をさせようと？」

「まさか！　そんな事考えてないって！　ただ、さ」

「ただ、なんだ」

「いやぁ……強いってさ、どういう気分かなって……」

オーメルキンは誤魔化すように笑いながら言った。

暫し、沈黙をもって向かい合う。誤魔化し笑いと共に放たれた言葉だったが、窺い知れぬ何かがある。

ティタンは鼻を鳴らす。

「成ってみれば解る。名誉と栄光を得ると共に、自分の馬鹿さ加減と、人間の下らない部分がより多く見えてくる。少なくともこうして牢にぶち込まれてる限りは良い気分じゃないな。詰まり、そういうことだ」

「……へぇ、よくわかんねー」

「お前はまだ若そうだな。気になるなら鍛えてみればいい。お前に戦いの才能があるかどうかは知らないが、戦う心を持たない者に強さは宿らない」

言葉は皮肉っぽかったが、ティタンの視線は真剣そのものだった。その今にも燃え出しそうな黒い瞳に気圧《けお》され、オーメルキンは怯んだ。

唾を飲み込むオーメルキン。ティタンはその様子を見て、わざとらしく視線を逸らし、肩を竦める。

「ティタンさんよー、あんた何でこんな所に？　あんたには似合わないよ」

「……兵士の振りした物乞いに、俺は貧乏だから何も恵んでやれないと言ったのさ。世の中正直者は馬鹿を見るようだな」

一拍間をおいた後、オーメルキンはその言葉の意味を正確に把握したのかケタケタ笑いだす。

ティタンは構わず、今度は腹筋運動を開始した。何時しか笑い声も消え、ティタンの僅かな息遣いのみが聞こえる。

暫くその静けさが保たれたかと思うと遠方から酷く焦った男の声がした。次いで厳しい語調の女の声。それらは石壁の通路に反響していやに響く。

声はどんどん近付いてくる。騒がしい足音を立てて現れたのは、異様な集団だった。

まずは兵士。ティタンをここにぶち込んだ頬のこけた男。それの上司と思しき女騎士。気の強そうな吊り目が印象的だ。

そして灰色のローブですっぽりと身を包んだ五人組。先頭の者は漆黒のローブだ。胸元に光る、涙の形をした聖印とローブに縫いこまれた若木の刺繍は、その五人が慈愛の女神パシャスの信徒であることを示している。

ティタンは一度ちらりとその集団を横目で見遣り、腹筋を続行した。女騎士がティタンに呼びかける。

「失礼、貴公がティタンだな？　貴公に会いたいという方々がいらっしゃっている」

「そうか」

ティタンは汗を滴らせながら腹筋を続ける。敬意を払われるべき聖職者を前にこの態度。女騎士は唖然とし、次いで咎めようとしたが、パシャスの信徒達の中でも筆頭格であるらしい一人がそれを制止した。

一歩進み出て、跪《ひざまず》く。とても一介の傭兵に必要とは思えない丁寧な礼である。

「お待たせ致しました、ティタン様。長らくお迎えに上がれず不自由を強いてしまい、真に申し訳ありません」

続くように他の信徒達も膝を突く。突然傭兵に、しかも牢に入れられた犯罪者を相手に最敬礼を行うパシャスの信徒達に、女騎士はまたもや唖然とする。

フードの下から放たれた声は女の物だった。ティタンは思わずトレーニングを中断してまじまじと筆頭格の信徒を見詰める。

　酷く似ていたからだ。己の愛した女の声に……

　……アメデューの声に。

「さぁ、参りましょう。我等が案内いたします。今後は我等がお傍に仕え、如何なる事柄に関しても我等がお守りし、お助けします」

「……人違いだ。他をあたれ」

　ティタンは漸くそれだけ捻り出した。自分は確かにパシャスの信徒だが、決して熱心な、ましてや敬虔な信徒とは言い難い。

　神々に対する一定の敬意はあれど、決められたパシャスの祭日に適度な供物と祈りを奉げる程度だ。

　この五人は装いから見てパシャスの信徒の中でも高位の者達。そのような者達からここまで丁重な扱いをされる謂《いわ》れは無い。

「いえ、我等パシャスの僕《しもべ》はこの一ヶ月の間クラウグス全土に散らばって貴方様を探し続けておりました。そして漸くこのアッズワースで」

「お前、何を知ってる？」

　一月と少々。ティタンがこの三百年後の世界に現れてから過ごした日数だ。

　ここまで言われれば馬鹿でも解る。この女はティタンがこんな惨めな気持ちでいる原因を知っているのだ。ただ当て所なく戦いを求め、昔は良かったなどと老人のような愚痴を漏らし、名誉も栄光も無く生き続ける事になった原因を。

「敵に躍りかかる姿。血を浴び、熱を持って震える肉体。貴方様の戦う姿は北の氷海を越えて吹き付ける烈風より鋭く激しい。そしてその姿は永遠の神話だと言う事を」

「如何にも神官の好みそうな大仰な台詞だ。要点だけを言え。お前は、俺の、何を知ってると聞いたんだ。俺が他の者のようにお前達に敬意を払うと思うなよ」

「……貴方の戦う姿とその使命です。ティタン様、まずは我等を信じてくださいませ。我等の神の祭壇で、ティタン様の全ての問いに答える事をお約束します」

ティタンはフードの女を睨み付けた。こうした取り繕った要点を得ない話をする人間がティタンは好きではない。

しかし知りたくない訳が無い。自分がここにいる理由を。

結局ティタンは頷いた。当然の選択だ。

「良いだろう、ここから出せ」

オーメルキンの何が何だか解らないと言う様な間の抜けた表情が印象的だった。ティタンは手の甲で汗を拭い、狼のような瞳で周囲を睨み付けた。

戦士ティタン　3

「なぁ、おい」

「はい、ティタン様」

ティタンの為に用意されたらしい馬車は質素ではあるが決して粗雑な物ではなかった。建材としては上質とされるブラックウッド製で、飾り気無くパシャスの聖印のみが施されている。

尻にがたごと不愉快な振動を感じながら、ティタンはパシャスの信徒ら……その筆頭格に声を掛ける。

「お前は」

正直に言えばフードの中が気になった。だがクラウグス人は神に仕える女が顔を隠していたらそれを無理に暴いたりはしない物だ。神の加護を求めず、その助力を必要としないティタンですら憚られる事である。

「……パシャスの巫女なのか。薄いショールのみを纏い、聖水で満たした祭壇に身を委ね、パシャスより神託を授かると聞く」

結局ティタンは適当な話題を投げ掛けて誤魔化す。信徒は深く一礼し、顔を伏せたまま答えた。

「私は巫女ではありません。パシャス様よりティタン様の御傍に侍る使命を与えられた者です」

「パシャスが？　直々に？　……解らんな」

「ティタン様程の勇者であれば不思議ではありません。パシャス様はティタン様の戦う姿を知っておられます。私は恐れ多くもパシャス様の夢の中に招かれ、ティタン様の姿を拝見いたしました」

大真面目に語る信徒には一片の気後れも見られない。言葉の意味は理解できない部分もあるが、つまりこの信徒は三百年前のティタンを知っているのだ。

ならばそれは先程の予想通りだ。ティタンは気持ち悪さを感じた。何ともいえないもどかしさだった。

「俺は女神の声を聞いた事も姿を見た事も無い。神殿に招かれたことも」

「パシャス様は……その事に関して主神を始めとするいと尊き神々と………その、何と言いましょうか……」

「なんだ？」

「ええと、はい……。ティタン様にとっては名誉なことです。……詰まり、パシャス様はティタン様の事に関して、他の神々と深く話し合う必要があったのです」

「俺のことを話し合う？　要領を得んぞ」

「申し訳ありません」

言い難い事らしかった。少なくともこの信徒の口からは。

そうこうする内に馬車が止まる。目的地に着いたらしい。信徒はこれ幸いとばかりに乗降口を開き、ティタンを手招きした。

「……どうぞこちらへおいで下さい。パシャス様がお待ちです」

「……そりゃまた、なんとも……」

「あの方は三百年、この時を待っておられました。私もずっと」

幾分か昂《たかぶ》りを見せる信徒の声に、ティタンは眉を顰《ひそ》めた。

◇　◇

今の厳かさを失った雑多なアッズワースにあっても聖堂とは静謐な場所だった。夕暮れも近く、市井では人々が夜を迎える準備をするために忙しく行き交っているが、ティタンが足を踏み入れた聖堂は静かなものだ。

入ってまず目に付くのが長い布を握り締めた裸婦像。この聖堂の祀神である女神パシャスの像だ。一般的な信徒はこの広間で祈りを奉げる。

像の横をすり抜けて奥へと向かえば黒檀の扉があり、そこから先はパシャスの為に働くより敬虔な信徒達の居住区となっている。

ティタン達が向かうのはそれよりも更に奥。地下へと降りる薄暗い階段だ。

「……どうやら、本気か」

擦れ違う信徒達は皆ティタンに対し最大限の敬意を示す。厳かに跪き、掌を胸に当てて聖句を唱えるのだ。

　そして所作は優雅だった。彼等は己の行動が己の信奉する神の名声に直結することをよく理解している。

　幾分か落ち着かない気分を味わいながら、ティタンはとうとう神殿最奥部まで案内された。予想できなかったわけではないが冷や汗を流す思いだ。

　神殿最奥部。その聖域の中でも最も重要な場所。こんこんと水を湛える祭壇を備えた薄暗い部屋は、パシャスの信徒の中でも特に重要な役目を担う者しか入る事を許されない場所だ。

　そう、例えば……パシャスの巫女や、パシャス自身が見出した信仰の勇者などだ。

「パシャス様はそちらにおわします」

　ティタンを案内した信徒達は黒いローブを翻し、跪いた。ティタンの目前、清らかな水の祭壇への道を示すよう左右に分かれて。

　地下だが、風の流れがあった。ひやりとした湿った空気の流れを感じながら、ティタンは水の祭壇へと近付く。

「(……神が……俺の前に現れると言うのか？　本当に？)」

　流石のティタンも僅かな昂揚を感じていた。主神レイヒノムを始めとする太古よりクラウグスに加護を授けてきた神々。彼等に認められ、声を掛けられる……ましてや実際に謁見するなど、時のクラウグスの王にすら容易では無い事だ。

　戦士としての力を認められての事ならば、これ程名誉なことは無い。愛した者を失い、生きる意味を失い、これまで己の築き上げた物を失っても、戦士としての魂は失っていない。

それに……パシャスならばティタンのもどかしさを解きほぐしてくれるかもしれない、と言う僅かな希望もあった。この三百年後の世界、誰も己を知らない世界で、ティタンは常にもがいていた。

それから解放されるかもしれない。

「(しかし、何故だ？　あの女は口を濁した。パシャスは俺が何故ここに居るのか知っているに違いない。俺を正義と信仰の護り手として見出したと言うのならば、何故今だ？)」

疑問は多い。それらはこれよりパシャスに目通りが叶えば解決する物なのだろうか。

ティタンは恐る恐る最後の一歩を踏み出し、しまったと思った。

「(いかん、身を清めていない。雑居房で適当に身体を拭いただけだ)」

思考を散らした瞬間、鈴の音の如き女の声が、ティタンの耳朶を舐《ねぶ》るかのような甘さで響いた。

『良い、ティタン』

ティタンの目の前で水がうねる。水の祭壇が波打ったかと思うと聖水が生き物の如くのたうち、宙を舞い、ティタンへと纏わり付いた。

「ぬっ！」

『抗うな。楽にせよ』

気だるさを誘うような、力を奪うようなのんびりとした声。身構えるティタンを他所に実に寛いだ声だ。

ティタンの体が持ち上がる。身を捩り、抗うことも出来なくは無いが。

ティタンはこれがパシャスの仕業なのだと理解すると身体を強張らせつつも抵抗を止めた。

ティタンは水の中に引き込まれた。冷たくは無い。全身が仄かに温かくすらある。

外から見た水の祭壇はそれ程深くは無かった。ティタンを引きずり込んで自由にするほどの広さは無い。祭壇は入り口なのだ。パシャスの領域へと引きずり込まれたティタンは、上も下も解らない水中でパシャスの為すがままに身を委ねた。

「(息が……)」

『苦しくないであろう?』

「(冬だと言うのに)」

『温かいであろう?』

くすくすと笑い声を伴った声が響く。声の主はティタンの眼前に唐突に現れた。

水中で奔放に広がる黒髪。くっきりとした大きなつり目。妖しく弧を描く唇はたっぷりと厚く瑞々しい。

面立ちは細いがその身体は肉感的且つメリハリが利いている。手も足もほっそりとしているのに、胸も腿も豊満だ。

朱色の布が申し訳程度にその肉体を覆っている。神話に残る、目的地までの道を指し示すというアリバスの朱衣だろう。ティタンのマントの倍程度の長さがあり、それを巻き付けてパシャスは妖しく微笑んでいる。

成程、美しい。ティタンは素直にそう思った。

慈愛の女神パシャス。水の恵みと闇の中での睦事、安産、全ての愛とそれによって起こる激しい戦いを司る。

奔放な性と獣すら平伏する美貌を備え、決して堪えることをせず、躊躇わない。

彼女は慈愛の女神でありながら、神々の中で最も我儘だと言われる。

『ティタン、待っていた。三百年前、お前の魂が強く輝いた時から』

「(……光栄だ、と言えば良いのか?)」

この暖かい水中では口を開かずとも意思の疎通が出来る事にティタンは気付いた。

右膝を抱え込み、流し目を送るパシャス。ちらりと真っ赤な舌が覗き、唇を一舐めして引っ込む。

『我はパシャス。恋愛、親愛、友愛、情愛、全ての愛とその激しき感情を好み、知られざる戦いと復讐に加護を与える。我は感情の為に時として摂理に抗う者。神々の中で最も奔放で、最も美しく、……そして最も慈悲深く、また残酷な存在だ』

パシャスは頭の後ろで手を組んで伸びをした。魅惑的な肉体が震える。その乳房、くびれた腰の誘惑に尋常の男ならば奮い立ちそうな物だが、ティタンは難しい顔をするだけだ。

「(……神々に対する敬意はあるが……俺は礼節と言う奴まで熱心に学んだことが無い。その辺りは……)」

『良い。気にせぬ。さぁティタン、お前の心は解っている。答えてやろう』

パシャスが己の心臓の位置に手を這わせながら言う。その行動には意味がある。

パシャスは初め、余りに奔放であったが為にその言葉を他の神々に信用されなかった。パシャスは主神を始めとする神々と相対した時自身の胸に手を当て、言葉の中に一つでも偽りがあれば血と心臓を譲り渡すという誓いを立てた。

ティタンはどき、とした。偉大な神の一柱が、ティタンを相手に誓約の構えを取った。神が、それも最も我儘と言われる愛の女神が、ティタンを相手に真摯に向き合ったのだ。

「(俺は死んだ)」

『死んではいない』

「(……死んでないのか?)」

『くくく、下劣な魔獣どもにお前を渡してなるものか』

また、くすくすと笑うパシャス。ティタンは何ともいえない気分だ。

オーガの軍団との戦いの果て、首や脇腹、太腿、兎に角四方八方から喰らい付かれたのを覚えている。激痛、出血、力を失う身体と遠退く意識。

まず間違いなく死んだ筈だ。ところがそうではなかった。

「(では、アンタが俺を?)」

『そうだ。ちと手違いで北の湖にお前を転移させてしまったが……まぁこうして無事でいるのだ、許してくれ。……冥界を治めるちんちくりんのウルルスンは死すべき定めの者を云々と説教を垂れておったが、片腹痛いと言う物よ』

「(ちんちくりん……)」

『事実だ。あの貧相な肉体ではたった一人の男も誘惑出来まい』

パシャスの口から平然と他の神への暴言が飛び出して、ティタンは一瞬言葉を失った。

「(ウルルスンの事は……良い。だが、何故？)」

『何故とは可笑しな事を聞く。お前達は古より武を好み、勇を讃え、それが名誉と栄光に繋がると信じていた。困難、強敵と相対しそれを打ち倒す事を望み、我等にその勇敢さを認められれば英霊の座へと招かれる事が叶うと。……正に今のお前そのままだ』

「(では、何故今だ？　態々《わざわざ》三百年も経ってから俺を復活させた？)」

『レイヒノムや戦神の使徒どもが五月蝿《うるさ》かったからだ。我のものだと納得させるのに時間が掛かった。…………まぁそれだけではないが』

パシャスは伝承に伝わるとおりの奔放さを遺憾なく発揮していた。主神や他の神々に対して全く憚らず、自然に不満を吐き出す。

『あの欲張りども、多くの勇者達の魂を召し上げて己の軍団に加えたくせに、我の信徒たるお前まで寄越せと言いよった。このパシャスにようもまぁ言ったものだ。当然我はそれを拒否した』

「(……あのフードの女が口籠った内容がそれか)」

『屈強な戦士、叡智を備えし者、男も女も多くを他の神々に譲った。このパシャスがだぞ？　竜狩りの戦士の一人くらい正当な権利と言う物だ』

「(確かに俺はアンタの信徒だが……)」

『ティタン、お前はこのパシャスの下にあるのが最も自然なのだ。我の一番のお気に入りだ。我が聖剣を持たせ、我の印を縫い込んだマントを纏わせよう。我が名の許に、その雄叫びをクラウグスの大地に轟かせるのだ。他の何者にも渡しはしない』

「(承諾した訳じゃない)」

ティタンは眉を顰めていた。パシャスの物言い、言葉の端々に垣間見える感情の波。それはまるで独占欲を剝き出しにした子供のようだった。

パシャスに悪意は無い。あるのは只管の傲慢さだ。ティタンは知らず知らずの内に奥歯を嚙み締める。

これが神。

ティタンが最初感じた昂揚は、どこかに消し飛ばされていた。

「(確かにアンタに声を掛けられるのは光栄な事だ。俺とて北の大地を守り抜いてきたクラウグスの戦士、それがどれ程の事かは知っている。だが、俺は着せ替え人形でもなけりゃ、玩具でもない)」

『不満そうだな。……良い、許す。感じたままに放つが良い。我はパシャス。我に強い感情があるように、人もそれを持っている事を知っている』

「(敬意は払おう、だが俺は誰にでも傅《かしず》く訳じゃない。俺の事を簡単に尻尾振る犬ころだと思っているような輩には特にな)」

ティタンの明確な拒絶に対し、パシャスが見せたのは怒りではなく喜びだった。

『……ふふふ、そうか、そうだな。お前達人間は何を考えていても建前と言う奴を大事にする。我がお前を手に入れようとするのが、子供の我儘に思えたのだな？』

「(伝承に違わず、相手し甲斐のある美女だと痛感していただけだ)」

『このパシャスをそのように許すのはお前が初めてだ』

かつての黒竜との戦いで生まれた勇者達はどうやら多くは神々の戦士となったようだ。古から伝わる通りだ。戦いの中でその勇敢さ、優秀さを示した者は英霊の座に招かれる。嘘ではなかった。

だが、今のパシャスの物言いは何だ、とティタンは目を鋭くさせる。

黒竜戦役は過酷な戦いだった。今でも思い出せば震えが走る。貴賤の区別もなく焼き殺され、家、家畜、畑、何もかもが焼き滅ぼされた。絶望的な状況だった。

だが戦士達はその中で足掻き抜いた。何もかもが奪われていく中で、唯一残った命を賭して。

その戦士達の魂を、まるで人形でも奪い合うかのように。

ティタンはどうしようもなく苛ついていた。神々の加護無くば勝利し得ぬ戦いだったのは確かだ。信仰も、敬意も、あって然るべきだろう。

だが、ティタンは気に入らなかったのだ。

『ふぅむ……。ティタン、今お前の心は不安定だ。戦い、瀕死の傷を負い、三百年の時を越え、何も寄る辺の無い世界に目覚めた。如何に頑健な精神を持つお前とはいえ仕方のない事だろう』

「(俺がトチ狂ってアンタに刃向かっていると？　……だとしてもそれも俺だ。傭兵なんぞ所詮は漂泊の民、夜盗扱いされる事も珍しくは無い。今更誰の顔色も気にする物かよ。気に入らない奴に気に入らんと言っているだけだ)」

冷静な振りをしていてもその実そうではない、と言う自覚はあった。慣れ親しんだ筈でありながら全く馴染みの無い今のアッズワースにティタンは確かに疲れ果てていた。それは反論のしようも無い。

だがティタンの怒りが不安定な心から来る八つ当たり染みた物だとしても、今のティタンにはそれが全てだ。便宜上ティタンはパシャスの信徒だが、その魂や人格、品性までも神にささげた覚えは無い。

ティタンはパシャス相手に我慢する心算は無かった。一度は死んだ身、今更何が起ころうと大した問題では無かったのだ。

美貌の女神はティタンの態度に全く動揺しない。全ての信徒を平伏させて然るべき慈愛の女神が、だ。

『では、我はお前を愛し、お前を欲する者として、お前に愛される努力をしよう』

パシャスは何が面白いのか目を細めて笑った。かと思うと、次の瞬間水に溶けるかのように消え失せる。

ティタンが警戒して神経を尖らせれば背後に気配が現れた。身体の自由が利かない水中で身を捩るティタン。首だけで振り返れば直ぐ其処にパシャスの顔がある。

もう一度、美しいと思った。ティタンにとってパシャスは最早苛立ちすら感じる相手だったがその妖艶な笑みを見ていると身体の芯まで溶かされる気がした。

パシャスの唇がティタンの唇に吸い付いてくる。抗う間も無い。

途端に、ティタンの身体を激しい熱が駆け巡る。

「(何だ？　何をした。身体が……！)」

微かな鈍痛、痺れ。

そしてそれを凌駕する圧倒的な熱と充足感。疲れが癒され力が満ちる感覚。

パシャスはティタンの肉体に纏わりつきながら一つ一つ確認するようにその肉体を撫ぜる。

『お前の力と技をそのままに肉体を若返らせた。よりしなやかで、より伸び代のあった時の肉体だ。……なに、レイヒノムは好き勝手にやっていたぞ？　我が同じことをしても悪いと言う事はあるまい』

「(おい、剣やマントだけじゃなく身体まで弄くり回そうってのか)」

『不満か？　その不満は我への苛立ちから来る物だろう？　身体が力を増したことに、お前は戦士として喜びを感じている筈だ』

その通りだった。己の力を高めるのは戦士の本能だ。パシャス相手で無ければティタンも喜んで受け入れ、礼を言ったに違いないのだ。

『これだけではない。我は我に忠実な者に対し寛大で、気前が良い。お前が望むのなら……そうだな』

パシャスはティタンの頬を撫ぜた。そして見せ付ける様に五指を揺らめかせ、己の身体に這わせる。白磁の如き指が露わになった臍を撫ぜ、水月を通り、胸の谷間を駆け上り、喉を越えてからうなじに方向転換し……。

たったそれだけの仕草で腰が砕けるほどの色香だ。パシャスは己の美しさを自覚していた。

『お前を未知の悦びへと誘ってやってもよい。……だがお前は伴侶を失って以来、ただの一人も女を抱いていない事を我は知っておる』

「(余計なお世話だ)」

『ふふふ、そういう所も我好み』

ならば矢張りお前に与える物はこれだ。

パシャスがそう言った途端、ティタンは引っ張られる感覚を覚えた。水中を無理矢理に引き回され、気付いた時には水の祭壇の中に居た。

ティタンは水中から立ち上がった瞬間思い切り咳き込み、祭壇の縁に縋りつく。荒い息を吐きながらフードを外して顔を拭った。

「クソ、何の心算だ……」

「お帰りなさいませ、ティタン様」

ローブの女がティタンに手を差し出してくる。ティタンはその手を取り水の祭壇から這い上がった。

ずぶぬれの身体から異様な速さで水が引いていく。熱が奪われる感覚も無く体が乾いていく。水が球になって宙に浮き、弾けて消えていくのが解った。

驚くべき現象だったが、そんな事よりも傲慢な女神の言葉の方が気に掛かる。

祭壇から声が響く。先程まで聞いていた声、パシャスの声だ。

『お前は切ない男だ。お前が本当に望むものは我ですら与えてやれぬ』

「俺は何も望んじゃいない！　少なくともアンタにはな！」

『我が信徒よ、お前の喪失感を慰めてやりたいのだ。……アメデュー』

「何……？」

アメデューの名にティタンが反応する。

パシャスの声に促されるようにしてローブの女がティタンに対し跪く。

女は短く祈りの言葉を捧げた後、ゆっくりとフードを取り払った。

「おい……ウソだろ……」

どのような暗闇でも見間違える筈がない。蜂蜜色の波打つ髪。形の良い眉。きり、と凜々しい瞳は、今は眠るかのように穏やかに閉じられている。

アメデュー。忘れる筈がない。ティタンの足が震え出す。

アメデュー。ティタンがただ一人愛した女。最後の最後まで勇敢で、高潔で、運命に殉じて死んだ女。

アメデュー。ティタンを置いて行った女。

ティタンは暫し呼吸すらも忘れ、漸く否定の言葉を吐き出す。

「違う……コイツは」

『そうだとも。そこの者はお前のアメデューではない。我が見出し、選ばせ、名を与え、育てた。どうだ、よく似ておろう』

ティタンは歯を食い縛った。叫び声を堪える為だ。

似ているなんて物では無かった。瓜二つだ。きっと怒った顔も、笑った顔もアメデューそのままなのだろうな、とティタンは思う。

だがアメデューではない。

「ティタン様、お仕えできて光栄です。幼き頃パシャス様に見出され、貴方の戦いの全てを知りました。戦いも、その他の事でも、決して足手纏いにはなりません。どうぞこのアメデューをお連れ下さい」

止めろ、と叫びだす所だった。ティタンの震えは何時しか猛烈な怒りから来る物に変わる。

パシャスは、この我儘な女神は、人間の事など丁度良い玩具程度にしか思っていない。ティタンはそう断じた。

「……よくもこの俺を相手に」

「え？」

「パシャス！」

疑問符を浮かべるアメデューに良く似た女とは違い、女神パシャスには変わらぬ余裕がある。ティタンの怒りすらも楽しんでいる節がある。

「褒美だと？　クソ食らえだ！　名誉も栄光もいるものかよ！　……パシャス、俺がアンタに祈りを捧げる事はもう二度とない」

『それがお前の返答か？』

「アンタの為には戦わん！」

　ティタンは早足で歩き出した。その剣呑な雰囲気に危機感を覚えたらしいアメデューに似た女は堪らずティタンの手を掴む。

　振り返るティタンの形相は酷い物だった。皺の寄った眉間、食い縛られた歯、見開かれた目。オーガでもここまでは、と言うほどの怒りを感じさせる。

「どちらへ」

「お前に関係あるか？」

「あ……、わ、私も」

「放せ！」

　ティタンは手を振り払う。乱暴に女を突き飛ばし聖域の扉を蹴り開けた。

　そこは広めの通路になっている。常に掃き清められ、赤い絨毯が真っ直ぐのびている。入る時も通った道だ、訝しがる事では無い。そこに無数の信徒達が平伏して待ち構えていなければ、だ。

「我等の勇者よ、どうかお待ちを」

「怒りをお静め下さい」

「我等が神の事を貴方は誤解なさっておいでです」

『良い』

　口々にティタンを宥めようとする信徒達をパシャスの一声が制す。余裕たっぷりの口調がティタンの神経を逆撫でする。

『我はパシャス、愛の神。愛とは優しいだけの……生温い物ではない。怒り、嘆き、憎しみすらも内包し、我はその感情を愛している。……ティタン、お前から向けられる物ならば、その激しい敵意すらも心地よい』

「知った風な事を言って余裕ぶりやがって」

『ふふふ、今は行くが良い。アッズワースの冷たい風で心を落ち着かせ、いつかその怒りも静めておくれ。……我はお前を愛しているのだ。いずれお前も解ってくれるだろう』

「…………！」

あまりの不愉快さに言葉すら失い、ティタンは信徒達を押し退けて外を目指した。

アメデューに似た女は去っていくティタンの背と水の祭壇を交互に見遣り、不安そうな顔を冷静さで覆い隠すことも出来ずうろたえている。

ティタンが去った聖域でパシャスは姿を顕現させた。豊満な肢体を空中に浮かせて水を弄ぶパシャスは美顔に指を這わせて呟く。

『可愛い奴だ、喜ばせてやりたい。だがティタン、お前は妥協せねばならないのだ』

◇　◇

ティタンは早々に宿に戻り大して好きでもない酒を注文して一息に干した。荒れている、と言う自覚はあった。

宿屋の娘が心配顔でティタンに新しい杯を持ってくる。ごろつきと揉めて兵士に引っ張っていかれたと思ったら三日も戻らず、いざ帰ってきたら何時に無く怒りを滾《たぎ》らせた様子で酒を呷《あお》る。

娘から見ても、ティタンの様子は尋常ではなかった。

「ティタンさん、何かあったんですか」

「何か、だと？　ふん」

ティタンは唇を噛んだ。八つ当たりでこの娘に罵声を投げ付ける事はしたくない。

アメデューの顔が脳裏にちらつく。敵の血を浴びて勇ましく戦う姿。炎に照らし出された汗に濡れた肌。

乱れたシーツの中から送られる荒い吐息と艶やかな微笑み。木漏れ日に目を閉じ、ティタンの肩に身体を預けてくる無防備さ。

様々な情景、様々な表情。森で、荒野で、街で、共に生き、喜びも苦しみも分かち合った。

パシャスの聖域でフードを取り払う姿が浮かぶ。

違う、とティタンは頭を振った。

「おやぁ、思ったよりも早く出てきたじゃねぇか」

ティタンが思考に埋没しているとその背中に馴れ馴れしく声を掛けてくる者があった。

振り返るまでもない。ティタンが数日前に肩を外してやった男だ。あれだけみっともなく泣き叫んでいたくせに、熱さも喉もと過ぎれば何とやら、たった数日でたちまち元気を取り戻したらしい。

「その様子じゃ大分懲りたみてぇだな」

「……」

「ん？　どうだ？　若いの、敬意の払い方って奴がわかってきたんじゃねぇか？」

俯いているティタンの様子をどう勘違いしたのか男はしたり顔で言葉を続けた。ティタンはより怒りを募らせる。

考え事をするには雑音が多過ぎるのだ。パシャスの顔、アメデューの顔、アメデューに似た女の顔、ぐるぐるとティタンの頭の中を巡るそれらは苛立ちを煽り、聞きたくも無いのに耳に入ってくる周囲の雑音がそれを助長する。

ティタンは食い縛った歯を解き、漸くと言った感じで言葉を発した。

「大人しくしていれば見逃してやったのに」

「おぉっと、そうしてお前はまた頭を冷やす事になる訳だ。次はいつ出られるか解らねぇぜ」

ティタンが立ち上がるのと宿屋のドアを開いて大勢が乗り込んでくるのはほぼ同時だった。

ティタンは顔を顰めた。パシャスの聖印が施されたローブを纏いフードで頭をすっぽり覆った者達。背丈、気配から見て先程のアメデューに良く似た女とその部下達か。

それを案内しているらしい女騎士も居る。雑居房で見た生真面目そうな顔だ。

酒場の入り口でちびちびと呑んでいた年嵩の男が一団に向けて印を切り、祈りの言葉を呟いた。

高位の神職の者が市井に現れるのは稀であった。

「ティタン様」

「態々追って来やがったのか」

膝を折りティタンに対し深々と一礼するパシャスの信徒らに宿屋に居た者達はぎょっとした。明らかに一傭兵に払う礼ではない。

「そちらの者はティタン様を傷つけようとした集団の一味ですね」

「こいつは……明日には魔物の餌になってる。お前には関係の無い事だ」

ティタンとパシャスの信徒、女騎士に囲まれる形となった男は四方に忙しなく視線を飛ばしながら呆けたように疑問符を飛ばしていた。

アメデューに似た女はその男を指し示す。信徒達が素早く動き、男を拘束して跪かせる。

「なんだアンタら！　放せ！」

「ティタン様の御手を煩わせるまでもありません、この者は我々が。……横暴な振る舞いをしていた牢番の事と併せ、然るべき人物に話を通しておきます」

「畜生！　放せってんだ！　後悔するぞ！」

「お前には関係の無い事、と言わなかったか？」

隣の騎士を差し置いての物言いにティタンはパシャスの力がアッズワース要塞の深くまで及んでいることを感じた。神職の者は古くから敬われ、その発言にも大きな影響力があったが、それでも政や法に軽々しく踏み込める程ではなかった。

目を鋭くしたティタンに女騎士が困ったような顔をする。ティタンに対する態度を決めかねているようだ。

「あー……なんだ、貴公の怒りは正当な物だが、ここは我々に譲ってくれないか？　……無駄に人死にを出したくないし」

「……」

ティタンは舌打ちだけを返して再び椅子に腰を下ろす。ぎゃあぎゃあと喚く男は宿屋の外へと引き摺り出され、どこかへと連れて行かれる。

アメデューに似た女は近くから椅子を引っ張って、ティタンの居る卓へと並べた。

「誰かと呑む気分じゃない」

ぴしゃりと言うティタン。アメデューに似た女は椅子に座るのを止め、ティタンの傍らに立ち尽くす。

「帰れ。パシャスには他を当たれと伝えろ」

「……何故でしょう。貴方はアッズワースの戦士。戦いに生きる貴方にとって、最高の名誉の一つである筈です」

「そりゃ間違いじゃない。だが何事にも例外はある」

ティタンは女のフードの内側まで睨みつける。アメデューと全く同じ顔が、全く違う不安そうな表情に歪んでいる。

「何て不愉快な女なんだ。気に入らねぇ」

「……それは……何が……」

「だがお前に罪は無い。所詮お前はパシャスの人形、ただの玩具だ。……だからお前に向かって無分別に怒鳴りつける事はしない」

女は暫し沈黙し、やがて意を決して口を開く。

「パシャス様は私を導かれました。しかし、それは決して強制ではありませんでした。私は命令されてここに居るのではありません。私は私の主を私自身の意思で選びました。私は貴方の戦う姿に惚れ込んだのです」

「笑わせるな」

ティタンは杯を握る手に力を込めた。粗末な木の器はティタンの握力でみしみしと音を立てている。

表情は硬く、無機質な物になっていた。古ぼけた椅子に足を掛け行儀悪く膝を立てたティタンは、これ以上アメデューに似た顔を直視していられなくて目を伏せる。

「お前の名は誰が与えた物だ。誰がアメデューだなんて」

声はほんの僅か、余程注意していなければ気付けない程度に震えていた。

「……パシャス様です」

「お前は俺をどうやって知った」

「申し上げたとおり、パシャス様の夢の中、戦いの記憶を」

「そのパシャスにああしろこうしろと言われて、お前はアメデューそっくりの姿になった訳か？」

ティタンの冷たい声に女は沈黙するしかない。自分の中で如何に道理が通っているように感じられても、それでティタンを納得させられる訳ではないと気付いたのだ。

「お前の何処に人間の誇りがある」

ティタンは卓を蹴り飛ばす勢いで立ち上がった。宿屋の娘に銀貨を放り、早足で外へと出て行く。

「ティタン様！」

「……アメデュー殿、あの者はいったい……。どういった事情がおありなので？」

「………」

「何にせよ貴方達の事をあまり好いては居ないようですね」

突然の騒動に静まり返った宿屋。怪訝そうな騎士の声が白々しく響く。

◇　◇

肉体が猛っていた。逸《はや》っていた。沈殿する汚泥のように心の奥底に溜まり続ける暗い怒りが、ティタンを連日の戦いへと駆り立てた。

雨の降る荒野でゴブリンを、木漏れ日の和やかな水辺でワーウルフを、闇夜の渓谷でオーガを、腐臭の漂う洞窟でジャイアントバットを。

斬った。心を細く鋭く研ぎ澄ませ、斬ろう、と思えば余りに容易く敵を斬る事ができた。パシャスの手によって若返った肉体は明らかに力を増しており、そのしなやかさも相まってティタンの理想とする体捌き、剣の閃きを実現させた。

ティタンは強かった。ごちゃごちゃと理屈をつける必要は無い。

ティタンは強かったのだ。その強さを怒りのままに振り回し、ティタンは雄叫びを上げて強敵を求めた。

ざぶ、と冷たい川の流れに身を浸し、返り血を流す。赤い魔獣の革鎧の隙間に冷たい水が入り込み火照った身体を冷やしていく。

喘ぐように立ち上がり、水を払う。髪を掻き上げ天を仰ぎ大きく息を吸い込んだ。

季節はずれの暖かい日だった。

アッズワース要塞から程近い草原。遠方では農夫が火を使っているのか灰色の煙が上がっている。真っ青な空を何羽もの鳥が飛び回っている。風は凪いでいる。

のろのろと革鎧を外し、川辺に放り出した剣とマントの近くへと投げた。川の中に立ち尽くし、呼吸を落ち着ける。

「だらしねぇな、俺も」

自嘲の言葉だった。腹の虫を落ち着ける為に五日もの間連日戦いに赴き、八つ当たり染みた剣を叩きつけていた己への。

ティタンは自分の事をもっと冷静な人間だと思っていたがどうやらそれは己惚《うぬぼ》れだったらしい。一度癇癪を起こせばどうにも止まらない暴れ牛のような馬鹿だった訳だ。

怒りをぶつける相手を求めてアッズワース要塞と北の監視砦を往復する五日間。漸く、ティタンは突き動かされるような熱い衝動を燃焼しきった。

川から這い上がり草原に腰を下ろす。剣を鞘から抜き刀身を確かめる。

革袋を開いて襤褸切れと油の小瓶を取り出すと剣の手入れを始める。髪から滴る水にも構わず、ティタンは作業に没頭した。

これまでの事と、これからの事を考えていた。何をすればいいのだろう、とか、何故生きているのだろう、とか、以前の自分が聞いたならば鼻で笑うような内容が頭の中でぐるぐる回っている。

自分が此処に居る理由は理解できた。クソ喰らえだ。怒りは静まったが、パシャスの事を思い出すと不愉快になる。

もう何をどうすれば良いのか全く解らなかった。大きく溜息を吐き出す。ティタンは虚しかった。

剣を磨き、油を引き終えて、ティタンはぼんやりとしていた。太陽が低くなり始めている。昼下がりの陽光でティタンの身体は乾いていく。

ずうっとそうしていた。頭を空にして天を見上げ、陽光の暖かさや時折流れる風を感じていた。

ふと、アッズワースから延びる街道に目をやった。三百年前は無かった整備された道は、軍の輸送や隊商達の移動を大きく助けているらしい。

その街道の遥か遠く、ティタンの目は狂ったように走る荷馬車を捉えた。

御者がどんな人物なのかは遠過ぎて解らない。だが馬に対し執拗に鞭を入れている。相当な焦り具合だ。

荷馬車は二頭引きの立派な物で、大柄な馬達は御者の鞭に応えてよく走っている。しかし如何せん牽《ひ》いている荷馬車が大きいため、どうにも遅い。

ティタンは不穏な気配を感じて革鎧に手を伸ばす。澱みない動作で着込み、防塵マントを装着してフードを被る。

荷馬車の方を注視していると、その後方にも複数の荷馬車を確認できた。先頭を走る荷馬車と同じように必死になって走っている。隊商らしかったが、あれ程の焦り方と来れば状況は予想できた。

「（襲われているな）」

ティタンは剣を腰に佩いて街道を歩き始めた。隊商が何に追われているのかは知らないが、護衛も付けずにアッズワースを訪れたりはすまい。

それがあの慌て振り、護衛が役に立たなかった事の証だ。強敵が期待できる。ティタンは冷えた身体の筋肉を解し、力を込めていく。

荷馬車との距離は大分近付いている。ティタンは隊商の尻に喰らいつく襲撃者達の姿を確認した。そして、ほぉ、と息を漏らす。隊商を追うのは黒い毛並みの個体に率いられたワーウルフの群れだった。

「黒い狼！　夜の神シンデュラの寵愛を受けしワーウルフか！　面白い!!」

ティタンは走り出す。強敵を前に胸は震え、肩が戦慄《わなな》く。戦いの喜びがティタンを埋め尽くす。

ワーウルフは通常白い体毛を持っている。年経る毎にその毛並みは灰色へと近付いていき、そういった個体は強力で、しかも狡猾だ。

そして年経た灰色のワーウルフの中から稀に黒い毛へと生え変わる個体が出る。黒いワーウルフは灰色のワーウルフよりも尚強く、俊敏で、群れを強固に統率する。

夜の神シンデュラの寵愛を受けたワーウルフがその加護によって生まれ変わった姿だと伝承には残る。一部地域では黒いワーウルフを信仰の対象とする邪教や蛮族達すら居る。

夜の神の加護が本当かどうかティタンは知らない。だが強敵なのは間違いなかった。ティタンは吼《ほ》えた。

「Wooooo!!!!」

凄まじい怒声。戦いの雄叫びだ。空気をびりびりと震わせ、天を突き抜けていく。

猛然と走る荷馬車は近い。御者は商人らしき身形の壮年の男で、剣を閃かせて全身に闘志を漲らせるティタンに懇願する。

「助け、助けてくれぇぇ!!」

黒いワーウルフが高く吼えた。ティタンの雄叫びに引き寄せられるかのように狙いを隊商からティタンに変える。

隊商の荷馬車三台がティタンの横を抜けて行く。ティタンは右手で剣を緩く握り、左手を刀身に這わせる。腰を落とし、身を引き絞るように捻り、呼吸を整えた。

ワーウルフは三頭。一頭が黒く、他の二頭は白い。ワーウルフが作る群れとしては一般的な規模の三頭の群れだ。

身体は熱いのに、頭の奥が冷えていく。意識を細く鋭く研ぎ澄ませ、ティタンはぬるりと前に踏み出した。

先頭を走るワーウルフ。まずこれは確実に瞬殺する必要があった。もし僅かでも手間取れば確実に二頭目が、そして群れの最後尾を走ってくる黒いワーウルフがティタンの喉頸《のどくび》を食い千切るだろう。

飛び掛かる白い野獣。牙を剝きだしにし、鼻をひくつかせ、濁った眼光は妖しくティタンを捉えている。

発達した前足に鋭く硬い爪。ティタンはそれを掻い潜って肩からワーウルフの胴体にぶつかって行く。

同時に繰り出されたティタンの剣。その刺突の鋭さ。

刃は魔法のようにワーウルフの身体に滑り込んだ。するり、と針金のような体毛と皮を貫き、その心臓を止めた。

ティタンは身を更に沈みこませ、流れるような足運びで前へ出る。一頭目のワーウルフは自身が飛び掛かった勢いのまま大地に叩きつけられ、二度と起き上がることは無い。

土を蹴り払うように右足を振る。蹴り足は円を描いている。ティタンの身体がぐるりと回転し右肩を前に突き出す格好になった。身体の左に引き寄せた剣が新たな敵の血を求めて静かに光る。

二頭目のワーウルフは地面を滑るようにしてティタンに肉薄した。ティタンの腹に狙いを定め、その臓物と滴る血の味を想像し涎をたらしていた。

ティタンの右手は剣の柄を、左手は柄尻をそれぞれ握り締めていた。迫るワーウルフに対しティタンは腰の左に構えた剣を繰り出す。

矢張り、突き。一瞬の間、一呼吸よりも尚早く敵を殺そうと思うのならば、鍛え上げられた刺突の技による急所の破壊だとティタンは思っている。

その突きは稲妻の如く早く、また激しかった。低い体勢で迫るワーウルフより尚低い位置から繰り出された突きはその顎を貫き、口蓋を引き裂き、頭蓋を割って脳を破壊した。

一瞬抱き合うようにティタンとワーウルフは密着する。噴出する血潮を浴びてティタンは猛った。素早く剣を引き抜けばどさりと落ちる巨大な二足の狼。ティタンはそれを踏み越えて黒いワーウルフと対峙した。

黒いワーウルフは足を止めてティタンを見ていた。刹那の間に二頭の仲間を殺した戦士の姿を。

ティタンは剣を振った。ぶ、と風を裂く鈍い音。剣に付着した血が飛び散る。

睨みあう。ティタンは噛み合わせた歯の隙間からシィィと呼気を漏らす。ワーウルフは唸り声を上げている。

ティタンの血に濡れた刃とワーウルフの妖しく光る牙が向かい合う。

「震えるぜ」

ティタンはワーウルフに語り掛けるように言った。彼《か》の黒いワーウルフの隆々とした腿。荒々しき殺意。こうして向かい合うだけでその強力さが伝わってくる。

強敵と相対しこれを打ち破る。苦難に臨みそれを打ち破る。

クラウグスの戦士の本懐だ。ティタンは強敵と戦う喜びに震えているのだ。

背後から複数の蹄の音が聞こえてきた。ティタンはワーウルフと見詰め合ったまま舌打ちした。

アッズワースから街道警備の部隊でも出てきたらしい。邪魔が入ったと言うのがティタンの正直な気持ちだった。

黒いワーウルフはもう一度高く吼えるとティタンに背を向けて走っていく。ティタンは蹄の音が近付く中で、ジッとその背を見詰めていた。

「……黒狼、一月後、シンデュラの権能高まりし時、また俺の前に現れるが良い」

その時こそ、互いの命を賭して戦おう。ティタンは襤褸切れを取り出して剣を丹念に拭うと、色気のある動作でゆっくりと鞘に収めた。

「其処の者！」

戦いの余韻に浸る間も無くティタンを呼ぶ声があった。蹄の音は止まっていて、ティタンはそこで漸く背後を振り返る。

騎兵の集団だった。五名の兵士とサーコートを着けた騎士が二名、壮年の男と年若い女だ。騎士も兵士も背筋はピンと伸び、高い士気が感じられる。

先頭に立つのは女騎士だった。頰に纏わりつく栗色の髪を払うように頭を振り、騎馬から降りる。

「見事よ！　見ていたわ、貴方が風の如くワーウルフに襲い掛かり、貴方の剣が稲妻の如く閃くのを！」

「一番の好敵手とは戦えなかった」

ティタンは名残惜しそうに地平の彼方を見遣る。ワーウルフが走り去った方向だ。

栗毛の女騎士は自身の興奮を宥めながら鷹揚にティタンに言う。

「あの黒い奴ね。黒いワーウルフは手が付けられない程強いと聞くけれど、貴方ならばきっと勝利したに違いない。……コホン、私はディオ・ユージオ・セリウ。貴方は傭兵かしら？」

「ティタンだ。礼儀が無いのは許してくれ」

「ティタン、その名に恥じぬ強さね」

ディオは優雅に微笑むと、右手で握り拳を作って見せる。

籠手に包まれたそれを胸に叩きつけ、次いで額に叩きつけ、最後にティタンに差し出して見せた。

その拳を見てティタンは堪らなく嬉しくなった。

「強き戦士ティタンに敬意を」

堂々と言うディオ。ヴァン・カロッサ。〝戦士の宣誓〟の握り拳だ。

戦士の宣誓。勇敢であれ、高潔であれ、契約と誓約を遵守し、虚偽を許すな。誇り高き全ての兄弟達に敬意を払い、全ての無辜の同胞達を愛せ。真の戦士として、死を恐れず戦い抜け。

誇りと力は胸に宿り、気高さと神々は額へと宿る。戦う意思と勇気は握り拳に宿り、その拳が胸を打ち、額を打ち、戦士の誓いとして相対する尊敬すべき同胞、兄弟に差し出される。

契約を交わす時、敬意を示す時。自らの忠誠や、勇気や、潔白を証明する時。相手を受け入れる時、或いは見送る時。いにしえの戦士達はこの宣誓の握り拳でその心を顕した。

それがヴァン・カロッサ。揺るぎ無き誓い。

今では忘れ去られてしまったらしい儀式だ。それを覚えている者が居た。だからティタンは思わず頬を綻ばせた。

「光栄だ、戦士ディオ」

ティタンはディオの拳に己の拳を合わせ、その拳で胸を打ち、額を打ち、再度ディオの拳に合わせた。完璧な答礼だ。

「驚いた。自分でやっておいてなんだけど、まさか答礼出来るなんて」

「戦士の技と魂が正しく継承されていればな」

「……気に入ったわ、ティタン。失礼な言い方だけど……傭兵にも貴方のような人が居るのね」

ティタンは肩を竦めて見せる。皮肉な笑みを隠しようもなかった。

「だらしないのが多過ぎる。アンタがそう思うのも無理は無い」

「我々はこの事を報告に戻らねばならないのだけれど……。貴方とは日を改めて語らいたいわ」

傭兵相手に世辞を言っても大した物は出てこない。このディオと言う女は奇特な奴だな、とティタンは思った。

「それは光栄だ」

ティタンの返答に満足げに頷くとディオは踵を返す。軽やかに馬に跨りその首を撫ぜた。

「貴方の名を覚えておく。いずれまた会いましょう」

「俺もアンタの名を覚えておこう。ディオ・ユージオ・セリウ」

「ではさらばティタン！　貴方の鋭き剣が、魔物達を悉《ことごと》く打ち倒す事を願うわ！」

ディオは馬上で腕を掲げた。指先までピンと伸びた腕は天を指し示す。騎士が行う敬礼の作法の一つだ。

「名誉ある戦士に！」

そしてディオは馬を駆る。壮年の騎士と兵士達が巧みな馬術でそれを追う。アッズワースに向かうその背中はどんどん遠くなっていく。

「名誉ある戦士か。……買い被られたモンだな」

ディオ・ユージオ・セリウ。気高い光を瞳に宿していた。慌ただしかったが、清廉な薫風が如き人物だ。

ディオ。古き戦士の宣誓を知る者。ティタンはもう一度頬を綻ばせた。

胸の底に溜まった汚泥の如き怒りの燃え滓《かす》と虚無感が押し流されていった気がした。良き敵と良き同胞。昔は簡単に手に入れられたそれが、今ではこんなにも貴重だ。

良い女だったたな。ティタンは天を見上げた。

闘将ディオ　1

悪目立ちしているな、とティタンは思った。一介の傭兵が高位の神官達を跪かせたりしていればまぁ当然だ。それがティタンの全く望んでいない、パシャスの信徒達の身勝手な行動だったとしても。

　パシャスの信徒達は無駄にティタンの身の上を触れ回ったりはしていないようで、そこが唯一の救いだった。遠巻きにこそこそと実体の伴わない噂話をされるくらいなら、ティタンは気にならなかった。

「で、どういう関係なんだい？」

　ティタンの剣を研ぎながらミガルは言う。赤い髪が薄暗い工房の中で揺れ、大柄な彼女の肌に浮いた玉の汗が光る。

「パシャスの信徒達か」

「目立つからね」

「哀れな連中だ」

「どういう意味だ？」

自らの剣が丁寧に研がれる様を眺めつつティタンは沈黙した。ミガルはまぁ良いさ、と話を変える。

客の事を、それも傭兵の事を無理に詮索するような奴は長生きできないと知っていた。

「ティタン、毎度思うがアンタは良い剣士だね」

「そいつはどうも」

「コイツ、随分と古い手法の拵えで刀身もかなり使い込まれているが……それほど傷んでいない。大した腕だよ。巧みな剣士は剣を傷めるような使い方はしない。アンタがコイツを振るう様が手に取るように解る。アンタはコイツで受け止めないし、コイツを力任せに叩きつけることも無い。コイツも喜んでるよ」

「そう煽てなくとも、今の所お前以外に研ぎを任せる心算は無い」

「褒め言葉くらい素直に受け取れないのかい」

水桶から手で水を掬い、ミガルは宝石でも扱うかのように剣を撫ぜる。そして刀身の状態を細かく確認しながら、また研ぐ。

ミガルは、若い。年相応とはいえない程深い知識と職人としての高い技量を持っているが、それでも熟練工と比べるとやや見劣りする。

しかしこの鋼と向き合う真摯な態度をティタンは好んでいた。槌の一振り、研ぎの一手まで疎かにしないミガルの事を高く評価していた。

他の鍛冶師達が雑と言う訳ではない。

ミガルが病的に丁寧と言う話だ。

「稼いでるようだね」

また、話が変わる。ティタンの傭兵働きの事だろう。

「あぁ。……何せお前に慰霊碑周りを補修してもらわなきゃならないんでな」

「耳しか取らないらしいじゃないか。……何故？」

「……奴等の皮でマントを作る訳でも、化粧液が欲しい訳でもない。その必要も無いのに敵の屍骸を辱めたくないだけだ」

「アンタは慰霊碑の為に金を必要としてる。だがその一方で自分の矜持の為に金を得る機会を無駄にしている訳だ」

「矛盾していると言いたいのか」

「いや……アンタの線引きは難しいなと思っただけだよ」

ミガルはティタンの剣を油皿の縄に灯《とも》った火に翳《かざ》す。小さな光源に照らされた刀身は美しくも妖しく光る。

「仕上がった」

ミガルは満足げに頷きティタンに剣を差し出した。ミガルの丁寧な仕事を確認したティタンは、こちらも満足げに頷く。

「毎度思うがお前は良い鍛冶師だな」

「そいつはどうも」

ミガルのように言うティタンに対し、ティタンのようにミガルは返した。ミガルは微笑んで鼻の頭を掻く。

「昨日アンタの事を聞かれた。身形の良い兵士だ。ディオ・ユージオ・セリウの配下だと名乗っていた」

「知っている名だ。二日ほど前に出会った女だが……どんな事を？」

「たいした事は話してないよ。アンタが頑固者で、傭兵の癖に慰霊碑なんかを気にしてて、そして優れた剣士だと言う事だけ伝えた」

確かに何も問題ない内容だ。ミガルの様子からティタンにとって害のある様子だったと言う訳でも無いようだ。

なら、良い。ティタンはミガルに銀貨を渡して剣を鞘に納める。

「油は自分で引く。感謝する、ミガル」

「あぁ、またいつでも来いよ。アンタなら歓迎だ。……あぁ、それと気になってたんだが……」

若干言いよどむ彼女。切り出したのは良い物の、言葉に迷う。そんな様子が窺える。

「アンタってそんな面だったっけ」

「生まれた時からな」

ティタンの脳裏をパシャスの美貌がよぎる。自信満々に口付けてきたあの女神の美しさは忘れようが無い。そしてあの時感じた腹立たしさも。

「はは、悪い。変な事言っちまったね」

意図せずその僅かな苛立ちが面に出たのかミガルが謝罪の言葉を述べた。パシャスの言葉を信じるのならば自分は若返っているのだからミガルの指摘は当然の物だったが、いきさつを話す気にはなれないティタンは言葉を濁した曖昧な態度でその謝罪を受け入れ、工房を出る。

職工街の大通りに踏み出せば太陽はまだ中天にある。昼時の職工街からは人足が遠退き、遠方の屋台から威勢の良い呼び込みの声が聞こえて来ている。

ティタンは自身の宿に戻るため南に向かって歩き出した。剣の手入れをし、一日身体を休める心算だ。

如何な戦士も延々戦い続けている訳には行かない。ティタンにだって休息は必要だった。

◇　◇

宿屋では給仕の娘が忙しく走り回っている。小さな宿屋でも飯時となれば傭兵達を相手に忙しくなる。

ティタンは簡単な食事を注文して部屋に戻る。装備をベッドに放り出して椅子に腰掛け、剣の具合を確かめた。

窓からの陽光を跳ね返す刀身に見入る。長い間磨ぎ直しながら実戦に用いてきた牡鹿団の戦士の剣だ。無傷とはいかない。

細かい傷が幾つもあるし、何度も研磨される内に刀身は僅かに短く、細くなってしまっている。

だがティタンは其処に美しさを感じた。自画自賛かも知れないが、この剣には凄味があると思った。数多《あまた》の敵を斬り捨ててきた本物の戦いの剣だ。

血と脂に塗れ刃毀《こぼ》れしようともミガルのような丁寧な職人の手に掛かればたちまちその美しさを取り戻す。

剣は剣士の魂だ。この剣のように、死が訪れるその瞬間まで、折れず、朽ちず、戦い抜きたいものだ。

ティタンは大真面目にそう考えながら、打粉と油を取り出した。

暫くの間静かに剣と向き合う。丁寧に鋼を慈しみ、僅かな隙も無いようくまなく打粉を掛け、油を広げていく。

仕上げに軽く刀身を拭き、新調した鞘に収めた。満足の行く良い一時だった。

丁度良く、慌ただしい気配が近付いてくる。給仕の娘が食事を持ってきたらしい。

「お待たせしました」

「早いな」

「ティタンさんは……えぇっと、お得意様ですから」

娘は小さく微笑んで見せる。ティタンも釣られて小さく笑った。この娘は働き者だが決して愛想が良いとは言えない。普段黙々と仕事に取り組む物静かな少女が似合いもしない冗談を言って見せるのだから、ティタンは意外に思った。

「今日は外には行かれないんですか？」

娘は会釈して部屋に入ると小振りな円卓に手際よく皿を並べる。

「俺だって偶《たま》には休むさ」

「……はい、それが良いと思います。特に最近は……お疲れのようでしたから」

「問題が多かったからな。だがもう済んだ事だ」

「問題ですか……。そういえば、あの、その……パシャスの巫女様達に……大丈夫なんですか？」

ティタンは目を丸くする。一丁前にティタンの心配をしているらしい。或いは宿にとばっちりが来る事をか。

神職の者がクラウグス人から受ける尊敬は深い。クラウグスと言う国家は古くから神々の加護の許にあった。

何せクラウグスには敵が多過ぎた。魔物や悪しき精霊、邪神を崇める辺境の蛮族達。それのみならず、肥沃とは呼べない国土と気難しい気候。

クラウグス人は逆境に強い。それは逆境に打ち克ちながら生きねばならなかったからだ。クラウグス人は強くなければ生きる事すら難しかった。どのような家庭でも大抵は剣か斧を一振り置いてあって、どんな子供もそれの扱い方を学びながら育つのがクラウグスだった。

それ故に、緑と水の恵みを齎《もたら》し、時には傷を癒し病を退散させ、外敵と戦う為の加護を与えてくれる神々に、クラウグス人は深く感謝し、また尊敬した。

神職の者は神々に仕えその威光を世に知らしめる者達だ。大抵の者は敬虔、謙虚、そして献身の心を持っている。

正義を信じ慈愛の心を忘れない。無辜の民草が苦しんでいればそれを支援し、外敵との戦いにも率先して参加する。それが彼等の信奉する神の名声に直結し、彼等と彼等の神はより尊敬を受ける。ティタンのように巫女達を跪かせた挙句邪険に扱う者など普通は居ないだろう。言語道断と言う奴だ。

「奴等が関わってこなければ良いだけだ。俺は跪けとも酌をしろとも言った覚えは無い。召使のように傍に控えてあれこれ世話をしろともな」

「……どうして巫女様達が嫌いなんです？」

「パシャスが嫌いなのさ」

娘は唖然とした。偉大なる神々の一柱に対してこうも堂々と「嫌い」と宣言する者が居ようとは。神の信徒は先程も述べたように敬虔、謙虚、献身、それに加えて寛容を旨としているが、それでも己が神を冒瀆する相手に対し容赦はしない。

娘はわたわたと慌てだした。

「そ、そんな事神官様達に聞かれたら」

「全ての物に理由はある。……先に俺を侮辱したのはパシャスだ。俺だけでなく……俺の愛した女の魂も」

「えっ……」

「聞かれなきゃ態々パシャスの悪口を言って回ったりはしない。安心しろ」

娘は表情を硬くして抱え込んだ木のトレーを握り締めた。

「あ、そ、……そう、ですか……。安心しました」

「……客のようだな」

ティタンは扉の方に視線をずらす。こつこつと近付いてくる複数の足音が聞こえる。

ティタンの部屋は二階の端だ。ここまで歩いてきたのならティタンの部屋に用があるのだろう。

扉がノックされる。

「誰だ？」

聞こえてきた声は女の物だった。

「ティタンの部屋で間違いないかしら？」

「……その通りだ」

「ディオ・ユージオ・セリウ。入っても？」

「構わない」

扉が開かれてディオが堂々と踏み込んでくる。二日前と全く同じ、自信と微笑を湛えた凛々しい美貌。栗毛を揺らす彼女は上等なドレスシャツに身を包み、その上から鮮やかな青に染め上げられたマントを纏っている。

細い顎に手をやって部屋をぐるりと見渡す。椅子に座ったティタンとその傍に佇む娘を見て、うんと一つ頷いた。

「お邪魔してしまったようで申し訳ない」

優雅に会釈するディオ。その背後で配下と思しき兵士二人が同様に一礼する。

ティタンは娘に向かって退出を促した。

「もう行け」

「え、あ、…………はい……」

娘は思わずと言った風情でディオをじろじろと見た後、自分の不躾な行いに気付いたのか慌てて頭を下げて部屋から出た。

振り返りティタンを見る目が何処か未練がましかった。扉が閉まってからディオはくすりと笑う。

「可愛い娘ね、貴方に気があるんだわ」

「趣味の悪い奴だ」

「あら、そういう事を言ってしまうの」

「用件は？」

素気ないティタンの態度にディオは少しばかり怯んだようだった。

「うーん……言ったでしょう、日を改めて語らいたいと」

「セリウ辺境伯の名代殿がたかが一傭兵を訪ねてくるには弱い理由だ」

「……まだ有名になるような事をしたつもりは無いのだけれど」

クラウグスの南西端、その国土の守りの一端を担うのがセリウ家だ。現当主の名はセルキン・セス・セリウ。その娘がディオ・ユージオ・セリウであり、クラウグス最北端のアッズワースに守りの補強として手勢を率いて現れた。父の名代として。

自称事情通によればセリウ家は長年小競り合いが続いていた辺境の蛮族相手に宥和策を採り関係

を改善したという。出来の良い長女をアッズワースに送り込んだのは新たな武功を求めての事だろう。

国土の防衛の為に貴き者が率先して血を流す。貴族達が国家への献身を示す方法としては最も解り易い。

新たな敵と流血を求めて態々アッズワースを訪れたと言うのなら、セリウ家は実に能動的で野心的、或いは献身的な貴族だ。そういう覇気に満ちた者がティタンは嫌いではない。

まぁ、兎にも角にも……

「〝出来る〟と聞いている」

「さて、ね」

ディオは悠然とした微笑を深くする。ティタンはアッズワースに現れたこの新参者達が、規律正しく戦意旺盛だと聞いている。それに強いと。

故に出来る、と評した。ディオは特に謙遜しなかった。

「今から昼食かしら。出直したほうが？」

「いいや、下々の生活に気を遣ってもらわなくて結構だ。当然、アンタが気にしないのならばだが」

「押し掛けたのは私よ。図々しい事は言えないわ」

「……貴族様にしちゃ珍しい。……美徳だが、一傭兵に謙《へりくだ》っていると部下を失望させる事になるぞ」

「気遣い無用。私の兵達は礼儀と尊敬の意味を知っている」

ディオの部下が廊下の隅から椅子を引っ張って来て、ディオは自然な動作でそれに腰掛けた。奉仕される者の自然さだった。ティタンはディオが構わないのであれば、と軽食に手をつける。

ディオはじっくりとティタンや部屋を検分していた。流石に居心地が悪い物だから、ティタンは早々にディオに問い掛ける。

「何がそんなに気になる？」

「貴方と初めて会ったときも思ったけれど……矢張り伝統を感じさせる剣と鎧ね。でも古くはない。……その赤い革鎧の素材は……まさかレッドアイの物かしら？」

ディオの目はティタンの剣や、ベッドの上に放り出された魔獣の革鎧に向けられていた。

剣は鍔が無く刀身は五十cm程。それを保護する鞘はマヤと呼ばれる黄土色の香木から削りだされた物で、邪悪や災難を退ける力を与えるとされている。柄には滑り止めの為の溝が彫られ、円が幾重にも連なったようなそれが美しくもある。

革鎧はレッドアイと呼ばれる魔物の皮を使用した上等な物で、急所を重点的に護り全く動きを阻害しない構成だ。

レッドアイは真紅の目と赤銅色の体毛、巨大な角を持った鹿の怪物で、ティタンが嘗て所属していた赤銅の牡鹿戦士団の名前の由来にもなっている。

その皮は生半な刃を通さず、魔法の力に対し僅かだが抵抗力を持っている。鎧の素材として非常に優秀で、且つ軽量だ。しかしレッドアイは強力な魔物でその皮を得るのは容易な事ではなく、三百年後のこの世界でもレッドアイの革鎧は超高級品だった。

「羨ましい。全ての部下達に持たせたいわ」

「アンタの部下とやらがそれに相応《ふさわ》しい力を持っていれば叶うだろうさ」

「……厳しい言葉ね」

「戦士はその力量に見合った装いをすべきだ。剣や鎧ばかりが良くても意味は無い」

挑発的とも言える言葉だったがディオは満足げに頷いた。ティタンは薄いスープに口を付け、その温かさに大きく息を吐く。

「アンタが俺に興味を持っているらしいと知り合いから教えてもらった」

「ええ、こそこそ嗅ぎ回っていると感じてしまったのなら御免なさい」

「……これまでこういう事は時々あった。何らかの犯罪への関わりを疑われているか、そうでなければ仕事の話だったよ。もう一度聞くが、アンタの用件は？」

「……仕事の話よ。ティタン、貴方の戦士としての力を貸してもらいたい」

ティタンは小振りな鹿肉を切り分ける手を途中で止めてディオに向き直った。

「今まで色々な人物の下で戦ってきたが……流石に伯爵名代殿が直々に出向いてきたのは初めてだ」

「我々は今まで自領を……、ひいては祖国たるクラウグスを護る為に戦ってきたわ。戦いの経験なら、流血を歴史の礎としてきたクラウグスでも有数の物と自負している。……しかし我々に喜び勇んで挑みかかって来ると言ったら知性も分別も無い蛮族達が殆どで、正直言えば魔物達との戦いの経験に乏しいの」

「アッズワースは古より魔物との戦いの最前線だ。耳を剝ぐのが上手い連中がごろごろしてる」

明らかに乗り気でないティタンの態度。

ディオは俄かに身を乗り出した。澄んだ瞳が真っ直ぐティタンを見詰めている。

「私が探しているのは仕立て屋ではないわ。当然肉屋でも、剝製職人でもね。耳や毛皮を剝ぐのが上手くてもワーウルフを前に腰が引けているような者は御呼びじゃない。探しているのは本物の戦士よ」

些《いささ》か怒気の籠った物言いだった。さぞやこのアッズワースで歯痒い思いをしたらしい。

無理も無いとティタンは思った。多少話しただけでもその行動力と積極性が窺える人物だ。そういった人間を簡単に怒らせる事の出来る怠惰で不誠実な者が、今のアッズワースには幾らでも居る。

ティタンの冷ややかな視線に気付いたディオは、こほん、と咳払い。椅子に座りなおして鷹揚に頷く。

「大口を叩くだけなら誰でも出来ると言う事を私はアッズワースに着任して学んだ。酷かったわよ。……傭兵一人相手に慎重にも、熱心にもなるわ。理解が得られる物と思うけれど？」

「……まぁ、アンタの言う事には共感できる」

「ならば私の許に来てくれるわね」

参ったな、とティタンは言った。ディオの言葉は情熱的過ぎる。

成人した女性で、胆力もある。こういった交渉ごとの経験も無いでは無いようだが……矢張り良い所育ちのお嬢様だ。思わず苦笑が洩れる。

「使えない連中を相応の金で雇い、鍋を洗う磨り金のように使い潰して、数字だけ見て満足する。今のアッズワースに居る指揮官ってのはそんな連中ばかりだと傭兵達は知っている」

ティタンは今のアッズワースの傭兵達を常に酷評する。だが傭兵達だけが悪いのかといわれたら決してそうではない。

指揮官が傭兵をまともに相手しようとしないのも大きな問題なのだ。使い捨てにされる事を許容できる人間など居ない。ティタンが生き延びた三百年前の大戦では、強大な敵との戦いに誰も彼もが喜んで命を奉げた。異常といえるその状況が起こり得たのは、それがクラウグスと言う国家、そこに住まう人々の存続の為にどうしても必要だったからだ。そして時の王クアンティンがその犠牲を決して無駄にしないという確信があったから。

今のアッズワースにはそれがない。誰も彼もが己の事で精一杯で、誰かの犠牲に報いよう、応えようと言う気持ちを失ってしまっている。兵士ですら使命を疎かにし怠惰に浸る中、傭兵達が勇を奮う訳が無かった。

「今の傭兵達が戦士の誇りを持っているとは思えないが、奴等にだって多少は同情の余地がある」

「貴方達の立場から見て……私のような人間を歯痒く思う理由も、確かにあるのでしょう」

ディオは目を逸らさない。鳶色《とびいろ》の瞳はジッとティタンの言葉を待っている。

高貴な血筋に生まれながらたかが傭兵の言葉を真摯に受け止める稀有な貴族の姿だ。ティタンは正直反応に困っていた。

「ディオ……アンタ、変な奴だな」

「評判は聞いているわ。貴方だって周囲からは変わり者と思われているようだけれど？」

「変わり者、とはまた随分と手加減された表現だ」

「……そうねティタン、話していても感じるわ。貴方は古い戦士よ」

ティタンは少しばかりドキリとした。優れた感覚を持つ人物は時折何の脈絡も無く物事の核心を突く。それが良い事かどうかは別として。

別段ティタンの経緯が知られようと、ティタンはティタンだ。何に恥じ入る事も無い。だが間違いなく周囲は騒がしくなるだろう。それを考えるならば誰にも、何の事情も知られたくなかった。

ディオの様子がティタンの事情を把握している故の物でないのは解る。ティタンは何も言わず意味深な吐息を漏らすに留める。

「悪い意味じゃない。私の祖父が教えてくれたわ。昔は貴方のような戦士が沢山居たのよ。勇敢で朴訥。誇りと矜持を心の中に持っていて、常日頃から自らの命を賭す理由に思いを馳せている。時至らば迷い無く戦いに臨み、そして死ぬ」

「……褒め殺しだな」

「今のアッズワースに貴方は馴染めないでしょう。……惜しいわね、我がセリウ領に生まれ落ちていたならば貴方は何も苦悩することは無かった。祖父や私がさせなかったわ。その皮肉や減らず口も半分くらいになっていたのではないかしら」

「苦悩？」

「……御免なさい、知った様な事を言い過ぎた。私は貴方の事を調べたけれど、実際に貴方と触れ合った時間は短い。それなのに何故だか全て解った様な気になってしまって……」

「………最近の口説き文句って奴は、俺のような古い戦士には難しいようだ」

「気分を害したかしら？　……あぁ失敗したわ、私とした事が……、変な事を口走った」

互いに沈黙する。ティタンにジッと見詰められてディオもその部下も気まずそうにしている。

ティタンはもう軽食になど構っていなかった。この不思議な感性をもって語りかけてくる女の真っ直ぐな瞳と相対し、何故だかそれに心惹かれていた。

「(……殺し文句だな)」

ティタンがもし、セリウ領内に誕生していたならば。

自分達は必ずやその力を見出し、誇りと名誉、充分な戦いと報酬を与え、その戦士としての本分を満足させただろうと……。

ディオは自信満々に言ってのけたのだ。良く知りもしない筈のティタンに対して。

心がざわつく。そしてティタンは不思議とそれが嫌ではなかった。

「……なぁアンタ、死者に敬意を払えるか？」

◇　　◇

「貴方がこの慰霊碑を気にするのは何故かしら。自分と同じ名前が載っているから、何て言わないでしょう?」

霊地の慰霊碑。七基それぞれに野花を奉げるティタンの背中に、ディオは切なそうに語りかける。訪れる者も無く朽ちて行く、戦士達の戦いと犠牲の証明。それを目の当たりにし、全く無関係の筈の彼女も物悲しい何かを感じたらしい。

ディオがティタンに向ける目はとっくの昔に一傭兵を見る物ではなくなっていたが、慰霊碑に対し不十分ながらも丁寧な作法で礼をとるティタンを見て、よりその思いを強くしたようだ。

ティタンがこの慰霊碑を補修する為に多額のクワンを使っている事は既に調べてある。売名にしてはその振る舞いはストイックに過ぎた。

「今の連中よりも、こいつらの方によっぽど共感を覚える」

「会った事も無いでしょうに」

あるさ、とティタンは言い返してやりたかった。会うどころではない。共に戦い、互いの背を守り合った。

正に〝過去の栄光〟だった。彼等と共に戦ったのは。

「ディオ、アンタは古臭い戦士の宣誓を未だに受け継ぐ女だ。これは俺の全く個人的な願いだが、……アンタがこの慰霊碑に敬意を払える女であって欲しいね」

ディオは無言で最も大きな慰霊碑の前に立つ。昼の木漏れ日の中、右膝を落とし、心臓に右手を当て、目を閉じる。

「……ありがとよ」

「竜狩りの勇者達に、敬意を払う」

「もう調べてあるんだろうが、俺はこの霊地を補修したい。だがアッズワースの指揮官達は、周囲の石畳や壁なら兎も角、慰霊碑本体をふらりと現れた余所者に触らせたくないようでな」

「でしょうね」

「アンタならばこの問題を解消出来るんじゃないか？」

死者への祈りを終えて立ち上がったディオは腕組みする。

「可能よ。……でも、貴方のことを異常に気に掛けているパシャスの信徒達の働き掛けがあれば、その程度の問題はもっと早くに解決出来ていた筈よ」

「……奴等に借りを作りたくない」

「それは何故かしら。アッズワースでパシャス教の影響力は非常に強いわ。慈愛に満ち誇り高く、その行いは人々に対しとても献身的よ。普通ならば嫌う理由は無いと思うけれど」

沈黙するティタンにディオは畳み掛けるように言う。

「どう言った関係なの？　貴方は確かに彼女達を嫌っているようだけれど、彼女達はどれ程邪険にされても常に貴方を気に掛けている。彼女達はパシャスの神像にそうするように貴方に跪く」

「……奴等は俺が最も敬愛する戦士の魂を侮辱した。薄っぺらい面の皮で上辺だけを取り繕い、それでこの俺を好きなように出来ると思い込んでいた」

「……それはどういう……」

「一々詳しく説明する気にはなれん。……だが奴等の俺に対する鬱陶しい献身は……せめてその事に対する罪悪感から出た行為だと……思いたいもんだな」

静かな怒気を纏ったティタンにディオは追求の手を止めた。少なくともティタンに落ち度があっての事ではないのだろうと判断したのだ。

ティタンの言う事を全面的に信用するならば、だが。少なくともこの場はそれで良かった。

「知れば知るほどに貴方って人は……」

「アンタがもしパシャス教とのいざこざを恐れるなら、ここまでの話は無かった事にしよう」

「冗談。敵意を向けた相手にすら尊敬されるティタンと言う人物に、尚の事興味と好意が湧いて来たわ」

互いに向き直る。話は決まった。

青いマントをばさりと払い、ディオは威風堂々背筋を伸ばしてティタンと相対する。

ティタンはフードを取り払い、握り拳を胸に打ちつけた。

「この出会いに感謝する」

「私の誘いに応えてくれて感謝するわ」

互いに差し出す拳を打ち合わせ、胸に、額に、そしてまた互いに差し出す。

「ヴァン・カロッサ。戦士の宣誓に懸けて、貴方に誇り高き戦いと強敵を与えるわ。相応しき報いもね」

「ヴァン・カロッサ。戦士の宣誓に懸けて、アンタを失望させない。アンタと共に勝利を得よう」

握り拳が再び触れ合う。どちらからともなく、笑った。

闘将ディオ　2

執務室の扉が無遠慮に開かれ、ティタンが早足で入ってくる。

「アッズワース南西の村付近でゴブリンどもがうろちょろしていると小耳に挟んだ。冬だからな、奴等も餌が無くてひもじい思いをしているだろう」

「戦いの気配を見つけるのが得意ね、ティタン。数は？」

「経験則だが、十以上。十五は居ないな」

「向かうわよフォーマンス！　兵どもに支度させなさい！　貴方もよティタン」

◆　◆

練兵場の案山子の前で木剣を構え呼吸を整えるティタン。周囲の部下に矢継ぎ早に指示を出しながらディオが現れた。

「出撃命令よ。セパーの森でオークの小集落が見つかったわ」

「アッズワースから二日も要らん距離だ。むざむざと村を作らせるとは、兵士達は余程オークどもに対して寛容らしいな」

「兵を集めなさいフォーマンス！　ティタン、道案内を頼むわ」

「ふん、強敵が居れば良いが」

◆　◆

アッズワース大通りの富裕層向け料理店、扉を乱暴に開け放って飛び込んできたティタンは獰猛《どうもう》に笑っていた。

「オーガだ！　北で兵士達が三体ほどの群れにやられたらしい」

「オーガ三体……！　拙いわね、部下は出払っている。私が今動かせる戦力では……！」

「さっさと行くぞ、誰かに先を越される前にな！」

「あ、ちょっとティタン！　……ええいままよ！」

◆　◆

命令書らしい羊皮紙を丸めてディオはうん、と唸った。

「ゴブリンを間引いて来い、ですって。特に一定の成果を求められている訳でも無いようだし、……嫌がらせかしら、この任務」

「どこでやれとも言われていないんだろう。丁度冬籠り中の巣穴の情報を複数手に入れた。一つ、お偉方の鼻を明かしてやろう」

「頼れる男ね」

「目標は……そうだな、耳の三～四十ぐらいは積み上げて、なよっちい指揮官様方の間抜け面を拝むとするか」

◆　◆

酒筒片手に肩を竦めながらディオの執務室に現れたティタン。

「以前ワーウルフから救ってやった商人が上等な酒を送って来た。アンタら、この美酒を分かち合う心算はあるか？」

「あら、貴方の大好きなワーウルフちゃん達が北の湖で待っているらしいのだけれど？」

「酒はお預けだ、俺は先に出る。斥候の役目を果たしておいてやる」

「……ふ、予想通りね？　フォーマンス」

◆　◆

馬の轡《くつわ》を引きながらティタンの宿に現れたディオは激しく息を乱していた。

「み、南にゴブリンの群れよ。隊商が襲われている」

「演習じゃ無かったのか？　……いや、それより一兵も連れずに行く心算か？　フォーマンスはどうした？」

「貴方が居れば、も、問題ないわ。ご、ゴブリンの十程度、蹴散らして見せなさい！　行くわよティタン！」

「面白い。光栄だ、ディオ」

◆　◆

整列した兵士達の前を練り歩き、激励の言葉を掛けるディオ。ティタンは少し離れた場所でそれを眺める。

「……大した奴だよ」

「兵ども！　お前達の生還は約束できないわ！　けれど、私はそれよりずっと重要な物をお前達に与えることが出来る！　それは名誉！　それは誇り！　それはお前達が力の限り戦い抜いた証！」

「………クラァァウグス！　すべての同胞、兄弟、誇り高き戦士達に！　ディオ・ユージオ・セリウに!!」

「ティタン…………。さぁ奮え兵ども！　勇気の炎でアッズワースを燃やせ！　お前達の魂の輝きが大陸を照らし魔を退ける！　無辜の人々の盾であれ！　闇を払う剣たれ！」

「一月です。たった一月。その短い期間で我等は充分に地歩を固めたと言えましょう。兵達の労苦に見合う成果です」

ディオはアッズワース要塞中央に聳える政庁への道を歩きながら、背後に付き従う壮年の騎士、フォーマンスの言葉に耳を傾けている。

この鷲鼻痩身の男はディオが幼き頃より彼女に付き従う家臣だ。家系としても五代前にセリウ家に取り立てられ、それ以来忠誠を示し続けてきた。ディオにとっては最も信頼厚い家臣である。

「しかしここらが限界でしょうな。金も物も不足し始めております。兵達の疲労も大分溜まっておりますので」

「金銭に関しては実家が当てに出来るわ。それに……そろそろ報奨を期待しても良いのではないかしら」

「間違いなく充分以上の物が得られるでしょう。しかしそれが何時かは明確ではありませんし、催促も出来ません。何よりこれ以上の無理な戦いは兵達を殺す事になります」

ディオは頷いた。が、少しばかり不満そうではあった。

「暫くは出撃を見合わせるわ。でも戦いたいと言う者が居たら私に教えて頂戴。一定以上志願する者が居るようなら臨時に編制する」

◇　◇

「……お止めなさい、ディオ様。そんな事を言ったら真っ先にあの傭兵が名乗り出てくるでしょう。兵達は誇りに懸け、負けじと戦いに臨む筈です」

「我が兵どもながら頼もしいわ。……でもフォーマンスがそう言うのなら止めて置く。残念ね、この調子で我々を南の蛮地の田舎者と侮る連中を黙らせようと思っていたのに」

「戦いのみでなく、人付き合いもなさいませ。先輩方に挨拶回りなさった切りでしょう。ディオ様はアッズワースに不満も御座いましょうが、この要塞流石と言うべきか優秀な方々が揃っておいでです。……そして彼等も我々とは争いたくないと考えている筈」

「悩ましいわね、フォーマンス」

「ディオ様は多くの人物から好感を得るでしょうが、それと同じくらい多くの人物から疎まれるでしょう。備えておかねばなりません」

　飄々と言ってのける第一の家臣にディオは苦笑を返した。父よりも父らしい男で、ディオに様々な教育を施してきた。

　常に一歩退いて物事を見ており、重要な場面で判断を間違った例がない。フォーマンスがそう言うのならば、とはディオにとって重大な判断基準である。

「……では取り敢えず一週間兵達を休ませるわ。その間にこれと言った人物と顔を繋いでおく。当然、出撃命令が下ればその限りでは無いけれどね」

「それがよう御座います」

「護衛にはティタンも使いたい」

「は、確かに無駄飯を食わせる理由はありませんな」

悪戯っぽく言うフォーマンス。ディオはそれをフォーマンスの冗談だと理解しつつも、ついつい語気を強めた。

「彼の働きは素晴らしい物よ。誰よりも率先して敵を倒し、交わした契約と報酬以上の働きをしている」

「お許しを。軽口が過ぎました」

「……フォーマンス、彼と部下達の間に何か問題はあるかしら？　彼がそこいらの下らない傭兵達とは別格だと言う事は、皆解ってくれていると思うのだけれど……」

「問題？　……ははははは。貴女は己の臣下達の様子をよく把握していらっしゃる筈です」

「えぇ……そうね、そうだわ」

からから笑うその様子にディオは安心した。強き戦士を妬むような心根の者が部下に居るとは思いたくなかった。

「ディオ様、あの者、家来となさいませ。あのような男を信服させれば将としての格も上がりましょう。部下達も、少なくとも今アッズワースに居る者は不満に思わないでしょう」

「……正直、意外ね」

「なんの、我がパラザル家も傭兵から身を起こし、セリウ家に取り立てて頂いたのです」

「えぇと……もう少し時間を置くべきではないかしら。彼の事は是非欲しいけれど、一月程度使っただけの者を家臣に取り立てる軽率な将、と思われたくないの」

「それは……どなたに？」

「どなたって……」

躊躇うディオの様子にフォーマンスは困惑するほか無い。

「何に対し無意味な見栄を張っておいでですか」

「無意味な見栄とは……言ってくれるわね」

「まぁ御心のままに。焦る事は無いでしょう。私の見立てでは、あの男も我等が兵団を居心地良く感じている筈です」

「あら、そうかしら？　彼は気難しそうだけど」

「嘘は申しません」

「ふふ、そうね、そうだわ」

ディオは上機嫌に笑った。上手く乗せられたかな、と思わないでもなかったが、ディオは自分に自信を持っていた。

ティタンと共に赴く戦いに手応えを感じている。彼と自分達は非常に良く馴染んでいる。ディオが号令すれば烈風の如くティタンは駆け抜け、更にディオ自慢の兵士達がその背を追う。ゴブリンやオークの群れ如きは一撃で突き崩され、無様に逃げ散るのみだ。

自分がこう感じているのだ。ティタンもそう悪くは思っていないに違いない。ディオは何時もの様に自信満々にうん、と頷いて、歩みを速めた。

ティタンが更なる戦いに備えて予備の剣と短剣を見繕っていた時だ。彼は雑踏の中からひっそりと己を窺う者に気付いた。

頭までフードですっぽり覆った黒いローブの人物。身に纏う物に聖印こそ入っていないが、パシャスの信徒だ。

この一月ティタンの後を執念深く付いて来る。失せろと言って追い散らしても思い出した頃にまた現れる。

健気にも陰ながら護衛をしている心算らしい。忌々しいな、とティタンは舌打ちした。

ティタンは比較的良質な剣と短剣を購入すると足早に宿に戻る。

と、見せ掛けて途中の暗がりにパシャスの信徒を引きずり込んだ。

信徒は涙の形をした聖印を握り締め、暴漢に対し即座に反撃すべく剣を抜こうとする。しかし自らを拘束したのがティタンだと解ると、抵抗を止めてされるがままにした。

フードの奥で伏せられた瞳。蜂蜜色の髪が揺れる。アメデューに良く似た顔。

ティタンは彼女を解放しこれ見よがしに溜息を吐く。

「今日はお前か」

信徒は言葉を返すことが出来ず沈黙する。密やかな息遣いのみがアッズワースの路地裏に響いた。

「…………いつまで俺に付き纏う」

◇　　◇

「あ、貴方を……貴方の傍に侍り、その戦いを支えるのが、私の使命です」

「俺はお前達と仲良くする心算は無い。解ったな？　……さぁもう行け」

信徒に立ち去るよう促すティタンは路傍の石でも見るような目付きだった。余りにも率直で心無い言葉に信徒の顔が歪む。

「ティタン様、どうすれば私をお認めくださいますか」

「来世に賭けろ」

「それは……つまり……」

信徒は唇を噛み締める。アメデューそっくりの顔がくしゃくしゃになるのを見たくなくて、ティタンは踵を返す。

最初は気丈だったこの女も、流石に一月も冷酷な対応をされれば弱気にもなる。幼き頃からパシャスの信徒としてさぞや丁寧に扱われてきたようで、ティタンの放つような悪意にはからきし弱い。それにここまでティタンが頑なだとは思っていなかった筈だ。誠意を込めて真摯に向き合えば、必ずやティタンは応えてくれると思い込んでいたに違いない。

そういった所も気に入らない。ティタンは無意識の内に歯を食い縛っていた。

立ち尽くす信徒を置き去りに路地裏から出る。主要通りから少し外れた場所で人通りはまばらだ。素早く視線を巡らせればティタンに注意を向ける者達が数名居た。ローブに身を包み、物陰に身を潜めている。パシャスの巫女達だろう。

ティタンにしてみればとても身を隠そうとしているようには見えなかったが。兎にも角にもティタンはそれらに構わず歩き始めた。延々と尾行を続ける心算ならば多少強引な事をする心算だったが、程なくして気配は遠退いていく。

罪悪感など無い。……無い、筈だ。ティタンは自分に言い聞かせた。

◇　◇

「ティタン、良い？　常に魔物の牙に身を晒し、命を賭して戦う事は確かに尊い献身よ。でも戦いに臨み最高の能力を発揮するためには多くの助けが必要だわ」

ティタンの数歩先を歩くディオは顎をツンと上げて上機嫌で講釈を垂れている。ティタンがその背後に付き従いながらうーむと唸れば、隣でフォーマンスが苦笑した。

「戦士だって人間よ。食べ物、水、寝床に防寒具、薬に欲を言えば娯楽。それらを疎かにすればあっと言う間に身体を損なう。そうすると戦えないわ。私はね、消耗しきり、満足に動けない兵を率いる事ほど将として辛いことは無いと思っているの」

「あぁ……まぁ、概ね同感だ」

「同意が得られて嬉しいわ。……続けるけれど、それらを準備するには金や人手が必要よ。準備するだけではなく、効果的に供給するには入念な準備も要る。指揮官としての手腕が問われる事柄ね。……今言った内容にはもう一つ別の意味があるの。〝消耗しきり、満足に動けない兵〟を率いて戦うのは実際問題難しいわ。でもそれ以上に、そんな状態に兵士を追い込むのは指揮官に能力が足りないからよ。私は部下を大切に思っているし、無能になりたくもない。私が今こうして貴方を連れて方々訪ねて回るのは、私の兵達を助けるそういった手筈を整えるためなの」

「そうだな、正しいと思う」

「そう言ってくれるならば……、これは貴方が万全の状態で戦えるようにする為でもあるのだし、敵の血を浴びる事が無くて不満かも知れないけれど、我が戦士として理解してくれるわね？」

さりげなく〝我が戦士〟と強調しながらディオは言う。そこに繋げたかったのか、とティタンは肩を竦めた。

確かに率先して戦いに赴く意識はある。今となっては自分が冷静な男だと己惚れる心算も無い。言われても仕方の無い事かも知れない。

出来の悪い生徒を慈しむ師のような……そんな調子のディオ。何と返そうかと思案するティタンにフォーマンスは小声で言った。

「（お前の事をただの傭兵に非ず、と気に掛けておいでなのだ。丁寧にお答えせよ）」

丁寧に、か。困った。

ティタンは頭を掻いてもう一つうん、と唸った。

「……あー……そうだな……。かつて優れた指揮官達の号令で多くの戦いに赴いた。彼等は大体の場合勝利し、そして大体アンタの言ったような事柄を重視していた。俺はそういった事は独学だが、彼等から学んだ事も多い」

「貴方を雇った者達は恵まれているわ。複数の意味でね」

「俺は確かに戦いとその果ての死を望んでいるが、味方に苦戦を強いる心算は無い。…………俺が常に血に餓えた狂戦士のように見えるか？」

クスクスと笑うディオ。楽しげに声が弾んでいる。

「貴方はとても怜悧な目をしているけれど、その取り澄ました顔のままで平然と死闘に興じるのだから……。オーガ三体に一片の躊躇も無く襲い掛かった時なんて危うく悲鳴を上げそうだったわ。恐れを知らぬとは貴方の事ね」

「…………悲鳴を上げるべきはアンタではなく、敵だ。恐れられるべきは敵ではなく、俺達だ。恐れを知り、尚恐れるな。……養父の教えだ」

「貴方の実力を疑っていた心算は無いけれど、それでも普通三体ものオーガにたった一人の戦士を向かわせたりしない物よ」

「俺が言うのもなんだが……傭兵如きに心を砕き過ぎない方が良い。ましてや時として部下に死を命じなけりゃならないアンタが、な」

ディオは暫し沈黙した。彼女の身に纏う空気が変わる。

一月の付き合いで理解できたことがある。それは彼女がその愛らしい佇まいとは裏腹に激情家だという事だ。

言うべき事ははっきりと言うし、これと決めたら容易に引き下がらない。それでいて腹芸もこなしてみせる。

彼女は自信に満ちていて、強い。怒らせるべきでは無い相手だ。

「（おい、ティタン）」

フォーマンスがティタンを止めようとしたが、ディオは既に臨戦態勢だった。歩く姿から怒気が洩れている。

「どういう意味で言っているの？　……貴方は傭兵の死を羊皮紙上の数字でしか計れない指揮官を嫌っていたはずよ。なのに私には、貴方を死地に送り込んで後は野となれ山となれと、そういう態度で居ろと言うのかしら？」

「そうまでは言わないがな、アンタは気を揉み過ぎだ。戦ってるんだ、死ぬときゃ死ぬ。そういう生き方をしてる。アンタに必要以上に心配してもらう心算は無い」

「……そう、そんな事を言うの。あぁ全く腹立たしい。歯痒いわ。これまで共に戦ってきたのに貴方は未だに心を開かない」

「一月程度の付き合いだろうが。……余り俺に構わないでくれ」

冗談じゃない。ぴしゃりと放たれる言葉。

歩みを止めて後ろを振り返るディオ。真っ直ぐティタンと相対する美貌は凛々しくも険しい物だ。先程までの和やかな微笑みは消え去っている。代わりにちろちろと燃え始めた怒りの炎が瞳の中に揺れている。

「構うわ。私の愚かな判断で黄金よりも価値のある戦士を死なせたかと思った。恐れを抱いて当然でしょう？」

ティタンは嬉しさを感じた。強力な殺し文句だな、と思った。表情には出さなかったが。

一兵卒にまで情け深い指揮官を嫌いになれる筈が無い。

だが、とティタンは皮肉な言葉を放つ。

「犠牲は避け様の無い物だ。その犠牲がクラウグスを支えてきた。アンタが兵や俺に対して情け深い事は承知しているが、入れ込みすぎるとアンタも辛いぞ」

「……だとしても！　それでも私は私の兵達や貴方が愛しい」

「嬉しいよ、アンタのその言葉は。だが……」

「ティタン、私と議する程の経験と矜持があるのね」

強い語調で止めるディオ。ティタンは口を閉じ、ディオを見詰める。

「今宵、酒と北部の美味を用意させる。私の部屋で胸の内を語り合いましょう。一対一でね」

「……おいおい、アンタは貴族で伯爵様の名代。俺は流れ者の傭兵で生まれも定かじゃない。アンタはもっとよく考えて行動すべきだ」

「一月の間、貴方の背を見ていた。貴方でなければこんな事言い出さないわよ」

再びツンと顎を上げてディオは歩き出す。ティタンは流石に唖然とした。

貴族様が、一傭兵とサシで呑もうってのか。

正気の沙汰ではない。少なくともティタンの常識では。

「……冗談だろ」

「あぁ、ディオ様が臍を曲げてしまわれた。こうなると強情だぞ、あの方は」

「フォーマンス、アンタもっと他に言うべき事があるんじゃないのか」

フォーマンスは飄々と笑ってティタンを追い抜いていく。ディオの背を追う姿に戸惑いは無い。この主従が歩く様は目立つ。アッズワースの雑踏を切り開くようにしてズンズン進んでいく。

「……人の良過ぎる連中だな、全く」

仕方なくティタンも歩き始める。ディオがとんでもない女傑だと言う事は知っていた。今更どうもこうも無いだろう。

ディオの言葉を思い出した。〝それでも兵達や貴方が愛しい〟。ディオらしい言葉だ。率直で、心を揺さぶってくる。

人からこんな風に思われたのはいつ振りだろうか。ディオの言葉を打ち消して、アメデューの事を思い出す。彼女も己の部下達の事を慈しんでいた。彼女は部下をよく鍛え信頼し、だから部下達も彼女を信頼していた。

「そうだったな」

ティタンはフードを深く被りなおした。前方を歩くディオとフォーマンスを、妙に遠く感じる。

その後、ディオはアッズワース要塞で街道警備に関わる者と物資の管理に関わる者に面会した。

ディオにしてみれば繋ぎを付ける程度の意味合いだったようで、歓談も程々に切り上げる。

しかし面会が終わった時には既に昼も中頃を過ぎていた。乾いた風が要塞城壁を越えて吹きつけ、徐々に傾き始める陽にティタンは手を翳した。

アッズワースでディオに宛がわれた屋敷に向かう道すがら、その頃にはディオの怒りも落ち着いたようで、彼女は鷹揚に語りかけてきた。

「太陽に何を思うの」

「別に。……陽が落ちるな、と、それだけだ」

「まだ酒の準備は出来ていないわよ」

「……勘弁してくれ。俺が嬉しがるとでも思うか？」

ディオは目に見えて気分を害したようだった。今までこのような乱暴な言葉で拒絶された事など無いのだろう。

「変ね、自分で言うのもなんだけど、私ってそれ程見てくれが悪いとは思わないのだけれど」

自信たっぷりに口元を笑みの形にしてみせるディオ。瞼《まぶた》がぴくぴくと震えている以外は悠然とした態度だった。

疑問の持ち方がおかしいだろう、とティタンは言った。曲がりなりにも伯爵令嬢として……、世の令嬢と言うのが、魔物達との戦いに臨み剣を振り上げて兵を鼓舞する物かは知らないが……、下賤な傭兵と酒を酌み交わす事で立つ風聞や、ティタンに襲われることを心配すべきだ。

「俺がアンタへの刺客だったとしたら、これから手元に転がり込んでくる報奨金を想像して小躍りしたろうな」

「貴方が私への刺客だったら、恐らく一月前に私は既に棺桶の中ね」

「俺がアンタを恐れていないとしたらどうだ？　俺が後先考えないケダモノか何かで、酒に任せてアンタの尊厳を踏み躙《にじ》るとは思わないのか」

「馬鹿な。さっきも言ったように私は一月貴方を見てきたし、貴方を雇う前は素行の調査だって……」

ディオは何かに気付いたように身体を硬直させた。足を止め暫し沈黙し、深く思案する。神妙な顔で腕を組み、そしてツンと顎を突き出した。

「フォーマンス、耳を塞いで」

「は……？」

「耳を塞いで後ろを向いていて。お願い」

「ほぉ……。承知いたしました」

したり顔で頷くとフォーマンスはディオの言葉通りにする。振り返り際に見せたニヤリ笑いはティタンを不愉快な気持ちにさせるのに充分な悪辣さだった。

ディオは再び俯いて思案顔。しきりに顎を撫で擦り、時折額を押さえては溜息を吐く。その奇妙な沈黙にティタンは付き合った。何ともいえない妙な雰囲気だ。

やがてディオは口を開く。何時に無くハッキリとしない態度で、歯切れが悪い。

「私を相手に、その……さっきの……」

「……何だ」

「ええと……。貴方の普段の事、知っているわ。貴方の報奨金の使い道の殆どは慰霊碑補修のための積み立てね。他は武具やその手入ればかり。貴方の振る舞いは慎ましい物で、余り呑まないし、賭博もしない。そして……娼婦も」

「だったら？」

「なのに私を相手に……あー……考えるのかしら。その、そういった事を」

「はぁ？」

ディオは大きく息を吸い込んだ。気が付けば彼女は耳まで赤くしている。

頭を振る。頬に纏わり付く栗毛がふわりと広がり、妙に甘い香りがした。ディオの香り。貴重な香木のような品の良い香りだ。

僅かに汗ばんでいるようでその甘ったるさが余計に目立つ。ティタンが困惑してディオを見詰めると、彼女は冗談っぽく笑いながら言う。

「私の身体に興味があるのか、と聞いているの」

からかうような口調だったが言葉の端が少し震えていた。身体の強張りも隠せていない。

ティタンは視線を彷徨わせる。耳を塞いで後ろを向いたフォーマンスは当てに出来ない。周辺は現在人通りが極めて少ない。

この御馬鹿な娘を制止する要素が無いと言う事だ。

「聞いているのは私だけよ。そして貴方が何と答えても怒らないと約束するわ」

胸を反らすディオ。ツンと突き出される顎。自信満々のようで、声が震えているのは相変わらずだ。

ティタンは言葉を選んだ。ハッキリとしていて、それでいてディオを否定しない言葉を、だ。

「俺は結婚してる」

「あら、そう。…………は？」

「妻を愛している。それだけだ」

「…………結婚ッ?!」

「驚くことじゃないだろう」

ディオは目をまん丸に見開いてティタンを見詰めた。普段の凜々しさなんて欠片も無い。

わたわたと慌てだし、ティタンに詰め寄る。オーガが肉薄してきても闘志を絶やさない女傑とはとても思えない狼狽振りだ。

「そんな事一言も」

「質問されちゃいないからな」

「な、な、納得行かないわ」

「さっきから何を言ってるんだ、アンタは」

「嘘でしょう?」

「嘘じゃない」

「じゃぁ奥方は何処にいらっしゃるのかしら！」

肩を怒らせてディオは声を張った。怒らないと約束したくせに、もう怒っていた。恐らく怒りの理由は彼女自身把握できていないに違いない。

怒りのままに中々答え難い質問をしてくれるもんだ、とティタンは苦い顔をする。アメデューの事を思えば胸が重たく、切なくなる。

ティタンは疲れ切ったような溜息を吐き出した。

「レイヒノムの御許に。祖国と同胞への忠誠を貫き、絶望的な戦いに身を投じた。当然のように帰らなかった」

ディオの頭から一瞬で血の気が引いた。意味不明な焦燥も憤りも吹き飛び、絶句である。

ティタンの枯れ果てた古木のような佇まいに、知らなかったとはいえ酷な質問だったと……。後悔が押し寄せる。

「……傭兵だったの？」

「王国騎士だった。優れた指揮官だったな」

「貴方の……かつての主？」

「……そうだ」

重苦しい沈黙が満ちる。ディオは勇敢に戦った末の死者を賞賛する事は出来ても、遺された者を慰める事は不得手だ。

言葉を選べないままにディオは考える。このティタンのストイックさと言うか、頑固さは生来の物だろう。それが死者への思いと結びついて彼をより頑なにさせている。

そしてディオにはそれを打ち崩すことは不可能に思えた。途端、胸の中に鉛でも落とし込まれたかのような重たさを感じる。

ティタンは目を伏せ、素気ない態度で言葉を繋いだ。

「アンタは美しいと思う。今までだって多分そうやって褒めそやされて来たんじゃないか？　だが、俺はアンタに欲望を感じたりはしない。……返答としてはこんな所だな」

「そう」

ディオは歯を食い縛る。何故だか解らないが鼻の奥がツンと痛み、目頭が熱くなる。

呼吸が浅く、心臓の鼓動は速く。

ディオは唸るように言った。

「ティタン、しつこいようだけど、この一月貴方を見ていた。そしてそれでも今解らない事がある」

「……何だ」

「私、何故だかとても悔しいわ」

変に言い募ったり、根掘り葉掘り聞こうとはしなかった。ディオにだって見栄があった。

彼女は耳を塞ぎ続けるフォーマンスの肩を叩くと、顔を見られないように歩き始めた。

闘将ディオ　3

遥か彼方から響いた狼の遠吠えに中てられ、ティタンは思わず天を仰いだ。アッズワースの澄んだ空気。夜空を埋め尽くすかのように星が輝き、月輪が大地を睨み降ろす。

月光を浴びながら呆けたように空を見上げ続ける。草木のざわめきの中で、仄かに暖かい程度の風を感じている。アッズワースでは珍しい暖かさだ。

そのティタンの背に声が掛かる。

「よい夜ね。……アッズワースでは、月が大地に近いらしい」

「……此処に来るまでは知らなかったわ、月がこれ程までに美しい物だなんて」

ディオだ。いつものサーコートを外し、ラフな私服の上にストールを巻きつけていた。

仄かに頬が赤く、瞳が潤んでいる。ふわりと揺れる栗毛を弄りながらディオは近付いてくる。手には銀のグラスが二つとワインボトル。グラスを一つ差し出した後、ディオは自らの背後に手を向けた。そこには小さな円卓と椅子が二つ。卓上には炙られた鹿肉の切り身と山菜が並べられている。

「お席へどうぞ、お客様」

「止せよ」

仰々しく一礼してみせるディオにティタンは苦笑を返した。

アッズワースにおいてディオに与えられた屋敷は伯爵名代の格に相応しい物だった。赤染めの布に虎の頭が刺繍された家紋の旗が風に靡く。巨大であり、風雅だ。その屋敷の庭で催された二人だけの宴席。

初めはティタンも身構えたが、少しディオと話せばその強張りも解れていった。彼女は何時もの通りの自然体だ。率直で、誠実。ティタンの目を真っ直ぐ見詰め、真正直な言葉で心を揺さぶってくる。

そして今、漸く杯を交わそうとしている。ディオは伯爵令嬢にして名代、ティタンは氏素性の知れぬ下賤な傭兵。その立場には天と地ほどの隔たりがあったが、向き合う二人は気負いが無い。まるで長年心を交わし合った友のような気安さがある。良い女だな、とティタンは改めて思った。

「俺は立ったままで良い」

「あら……客人を立たせたまま持て成す文化は大陸の端にも無いわ」

「文化と来たか。……困ったな、野蛮人とは言われたくない」

「なら観念なさいな」

肩を竦めて席に着くティタン。杯を手に取れば、ディオは待ち構えて居た様にボトルを差し出して来る。

返杯しようとしたがディオは受け取らず、自分で自分のグラスに酒を注いだ。

「顔が赤いぞ、先に呑んでいたな？」

「ばれたか。大目に見なさい、ティタン。私も時にはワインの力を借りたくなる物よ」

「何をそんなに身構える？」

意味も無く、苦笑。ディオはティタンの質問には答えずグラスを掲げる。

「さぁ乾杯よ。束の間の休息に」

「……休息に」

二人はグラスを合わせた。キン、と品の良い音がした。

初めの一杯は一息に干す。ティタンは胃が俄かに火照りだすのを感じ、ディオは顔を更に赤くした。酔いが回ってきているようだった。

「何から話しましょうか」

「そういうのは先に考えておく物じゃないか？」

「なら貴方は考えてあるのね？」

「アンタに対する忠告なら幾らでも思いつく。戦場ではもっと後ろに居ろとか、要塞内でもちゃんと馬か馬車を使えとか、……あとは、傭兵なんぞとサシで呑むな、とかな」

「……勘弁して欲しいわ。フォーマンスが二人に増えたみたいよ」

ディオが何時に無い調子でおどけてみせる。ティタンも思わず笑う。

フォーマンスが二人に増えた所を想像してみる。ティタンに向けて意味深なニヤリ笑いを向けてくる壮年の男が、唐突に二人に増えるのだ。

二倍になったニヤリ笑い。ティタンは身を縮こまらせるしかない。

「……それは……よくないわよね……よくないな」

「そうよね、よくないわよね！」

ディオは吹き出し、一頻り笑った後深呼吸した。

「彼はね、確かに小言も多いのだけれど、それでも私の最も信頼する部下よ。私の為に数え切れないほどの貧乏籤《くじ》を引かせてしまったのに、今でも私を支えてくれている」

「俺は奴の事が嫌いじゃない。あのなんともいえないニヤケ面は別として、だがな。……これから先も栄達の為に走り続けるなら、奴を大切にする事だ。ああいう男を如何に信服させるかでアンタの格が決まる」

ディオはきょとんとした。まじまじとティタンの顔を見詰める。

「彼も貴方の事をそう評価したわ」

どういうことだ？

銀のグラスに口を付けたままティタンは不思議そうな顔をした。

「貴方のような男を信服させれば、私の格がどうのこうのとね」

「……あぁ……まぁそりゃ……」

「なに？」

「いや、そうだな、それくらいは誇っておくか。……俺は戦士としてあらゆる物に打ち勝つ心算で戦っている。鍛えぬいた戦いの業には自信がある。そして実力相応の評価を得たいと思っているし、能力の無い主には仕えたくない。その点、アンタは俺を満足させてくれる指揮官だ。アンタほどの人物はそうそう居まい」

唐突なティタンの激賞にディオは硬直した。ティタンの放った言葉の意味を深く反芻し、胸の内に落としこむと、彼女は慌てて言葉を紡いだ。

「貴方が戦いの技術を磨いてきたように、私も己の力を磨いてきたわ。……そうね、まだまだ私の実力はこの程度の物ではないのだけれど、……貴方からの折角の賞賛ですもの、受け取っておきましょうか」

何時もの様にツンと顎を上げて強がって見せるディオ。

「ほら、杯が乾いたままよ」

唐突に、且つ強引にディオはボトルを差し出した。仕方ないとでも言いたげにティタンがグラスを出せばまるで遠慮なくなみなみとワインを注ぐ。決して香りを楽しめる量ではない。

そのままの勢いで自らのグラスも満たし、ディオはまたそれを差し出した。

飲ませるタイプの女かよ。ティタンは溜息を隠そうともしない。

「乾杯。アッズワースの月に」

「月に？　……洒落た事を言う。良いだろう、月に乾杯だ」

またグラスを打ち合わせる。キン、と言う音が相変わらず上品だ。

「まだまだ色々な話がしたいわね」

「構わないぜ。俺が話したく無い事以外ならば」

「そうね、まずは……生まれはどこ？」

二人は水が流れるように何でも話した。舌が滑る様にまるで遠慮なしに、隠し事もしなかった。

ティタンが何処とも知れぬ街の孤児で、ある時傭兵団のシェフに拾われて剣を握った事を話せば、ディオは酷く納得した様子だった。全く何も持たぬ状態から己の力のみで身を立てる。ディオがティタンに抱く印象そのままだったらしい。正に貴方らしいわね、と、ともすれば侮辱とも取れる反応だったが、ディオはティタンの誤解を恐れない。ティタンだってそのような邪推はしない。

ディオが幼少期酷く御淑やかだったと聞いた時、ティタンは思わず「冗談は止せよ」と言ってしまった。髪の毛にバッタが飛んできてピタリと止まったから、恐くなって泣いてしまったなんて、今の彼女を見て誰が信じられると言うのか？　そう言うとディオは眦をピクピクと震わせながら控えめに同意した。自覚はあるようである。

ティタンが昔、弟分の傭兵と娼婦を取り合った話をしたらディオは面白くなさそうな顔をした。しかし諍いが過ぎて娼婦に愛想を尽かされ、弟分共々街中の娼婦に吊るし上げを食らった話をしたら、腹を抱えて大笑いした。

ディオが幼き日の兄弟の話をした時、ティタンは唖然とした。夜会の最中テーブルクロスの中に隠れて来客を驚かす兄。黒パンに並々ならぬ憎しみを抱きそれを根絶しようとする弟。三日に一度は絵筆を持って駆け回り屋敷を前衛芸術に変えようとする妹。セリウの血族は手強いのが揃っている、とティタンは評した。当然、ディオを含めてである。

「随分と個性的だ」

「貴方の言う戦士団の仲間だって随分な曲者揃いじゃない」

「その辺は……まぁ認める。特に俺の弟分なんかは優秀だったが、それに比例するように捻くれた奴でな。上下関係を教え込むのに苦労した」

「いつも澄まし顔の貴方がねぇ。ふふ」

「笑い事じゃ無かったぞ？　戦士に必要な物は幾つもあるが、ただ徒に歳を重ねても得られない物ばかりだ。鍛え抜かれた力と技。曇る事の無い知性と心。……歳経た今だから分かるが、奴は年長者と言うだけで認める心算は無かったんだろう」

言いながらグラスに口を付けるティタン。この女と呑む酒は美味いな、と心底から思った。

嘗て心を許しあった本物の戦友達と同じ気配だ。ディオに乞われれば、ついつい無用心に口を開いてしまいそうだった。

「大昔の事の様に言うのね。ティタン、今幾つなの？」

「さてな、歳すら分からん孤児だったんだ。養父がいい加減な推測から決めた年齢を信用するなら、そろそろ二十九だが……」

途端、ディオは堪えきれないとでも言いたげに大笑いする。

ティタンはその意味が理解できず、眉を持ち上げた。珍しい表情だ。

「貴方の御父上はちょっといい加減すぎるわね。私が今年二十二よ。貴方はとても私より年上には見えない」

「あぁクソ、……そうか」

ティタンは手で顔を覆い、表情を隠す。美酒に酔いすぎたか、自分がどのような有様なのかすっかり失念してしまっていた。

忌々しい……とも言い切れないが、複雑な感情を抱かせる。

慈愛の女神パシャスは傲慢さと奔放さを剝き出しにしてティタンを若返らせた。その言葉を丸ごと信用するならば、力と技をそのままに、よりしなやかで伸び代のあった時代の肉体に。

ティタンに刻まれた幾つかの傷跡は跡形も無く消え去り、身体は丹念に編まれた縄の如く引き絞られ、且つ、幾ら曲げても折れる事の無いジャヒーウッドの枝の如くしなやかな物になった。

面付きも随分と変わっているのだろう。一度か二度顔を会わせただけの鍛冶師ミガルですら違和感を覚えていたようだった。二十九歳と言っても、説得力が無いのだな。

ティタンは仕方なく肩を竦めるだけに留める。事情を説明する気分にはとてもなれない。

「戦士としても指揮官としても類稀な男だったが……確かにそういった事は無頓着だったかもな」

ティタンの養父。金の鬣《たてがみ》の異名を取った男。大斧の使い手、ロンブエル。

嘲る心算は微塵も無いが、確かにそういった部分もあった。ティタンは戦士の宣誓の中で虚偽を許さないと誓っているが、これは虚偽ではない。不幸な行き違いである。

「その弟さんも面白い人物のようね。今は何を？」

「知ってどうする？」

「招聘するのはどうかしら？　セリウは常に優秀な人材を求めているもの」

「ならばアンタには、神々と争う覚悟が必要だぞ」

酒が進み過ぎたか、頭を振って深呼吸し、笑うティタン。その冗談の意味を理解できないディオではない。

古より戦いによって果てた勇者は英霊の座へと迎えられ、神々の軍団に名を連ねると言われている。

招聘したければ神々と争う覚悟が要る、とは、つまり……。

「……乾杯したいわ。名誉ある戦士に」

「……名誉ある戦士に」

三度目の乾杯。一息に干す。

ディオは俯き、声を潜めた。

その様子にティタンも居住まいを正す。互いに、既に充分以上に酔っている。

「ティタン、昼の……」

漸く本題に入るのだな、と思った。唐突に、どこかで狼の遠吠えが響く。

頭がくらくらしていた。元より自分が酒に強いとは思っていないティタンだ。今日はディオが望むままに呑みすぎた。

「……昼間貴方が言った事は正しいと思うわ。戦っている以上犠牲は出る。私の連れてきた三十の兵達も一名が欠員、数名が重傷で復帰に時間が掛かる状態よ。細心の注意を払っていても死傷者が出るのは避けられない」

「だが、アンタが彼等と共に手にした名誉と武功はその犠牲に見合う所か……破格の物だ。俺達は連日貪欲に敵を求め、戦った。そこいらの凡百の連中が同じような戦い方をすれば、今頃壊滅しているだろう」

「そうね。兵達を効率よく死なせてやれるのが良い指揮官の条件の一つよ。……でもティタン、それは傭兵の考え方じゃないわ」

「何が言いたい」

「人は死を恐れる物でしょう？」

ティタンは目を細め、口端を歪める。何ともふてぶてしい顔付きは正に歴戦の兵、堂々たる剛の者の笑みだ。

「真の戦士は死を恐れない」

「でも同時に、真の戦士は死を求めて戦ったりはしない」

ディオの方はティタンの言葉を受け流すようにそっけない。

「人の戦いの理由なんて幾らでもあるわ。名誉、金銭、権益、国土の防衛、拡大、幾らでもある。でも、死ぬために戦う人間は本当に僅かよ。ティタン、貴方のことを言っているの」

「…………強敵との戦いの果て、死ぬ。俺にとっては何の違和感も無い理由だ」

「前々から感じることはあったわ。だから今言う。何故、死に急ぐの？」

「アンタにはそう見えるのか？」

「そう感じる。……私は貴方を心配してはいけないのかしら？」

「良いか？　指揮官殿。これは何時もの皮肉じゃないぞ」

ティタンは円卓にグラスを叩きつけるように置く。足元がふらついている。

「俺は傭兵、アンタは貴族で、指揮官様だ。俺はアンタの号令と共に走り、アンタの部下達の誰よりも早く敵へと躍りかかり、苦悶の悲鳴を上げさせ血を浴びる。牙と爪を潜り抜けて、だ」

「ええ、その通りよ」

「俺が死ぬ時は、詰まりアンタの号令が俺を殺すんだ。もしそうなったとしたらその理由はアンタだけではなく当然俺の弱さのせいでもあるだろう。だが俺の身を案じつつ俺に死を命じるのは、余りに矛盾していて不毛だと思わないか？」

「思わないわ」

ディオは断言する。一片の躊躇も無くティタンの言葉を切って捨てた。

「兵達の死を恐れない指揮官が兵達に死を命じるなんて、そんなの恐ろしいでしょう」

ティタンは沈黙した。大きな呼吸音ばかりが喉から洩れた。

何を言えばいいか解らなくなり、ティタンはぐるぐると頭の中身を掻き回した挙句、漸くポツリと言った。

自分の血流の音が聞こえる気がした。感覚は鋭くなるが、視界はゆらゆら揺れている。

「……傭兵如きに説く内容じゃないな」

「……私、自分が何を言ってるのか良く解らなくなってきたわ。……本当はこんな風に長々と話すことは無かった筈なのよ。……ええと」

ディオも握り締めていたグラスを置く。僅か一歩の距離に立ち、ティタンの顔を見上げてくる。

ワインの匂いと甘い体臭。凜々しい目は、今はとろんとしていた。

「何も茶々を入れないで。貴方のことになると私、また訳が解らなくなるから」

「……言えよ」

「貴方は明日唐突に死んでもおかしくない生き方をしている。戦っているのだから当然よ。だから私の言う事が不自然で、正しくないという事は解っているの。兵の上に立つ者として、そういう風に教育されたしね」

「あぁ……そうなんだろうな」

「でも私、貴方に死んで欲しくないのよね。貴方が名誉と栄光を追い求めようと、慰霊碑の補修をしようと、私はそれを素晴らしい事だと賞賛するけれど……。死ぬためには戦って欲しくないわ」

月を見上げた。以前も、こんな言葉を掛けられた覚えがある。

「死なないで、ティタン」

「(死ぬな、ティタン)」

ずうっと前だ。自分が蜂蜜色の髪を持つ騎士に惚れ込んで、彼女の為に我武者羅に戦い続けていた時。

「…………降参だ」

「ティタン？」

「お前と似たような事を言ってた奴が居たよ。アイツの言う事は何時も正しかった」

「……どんな人かしら？」

「褒め言葉を並べるのは簡単だが、……そうだな」

月を見上げ続ける。生暖かい風が吹き抜けていく。

またどこかで、三度目の狼の遠吠え。笛の音のようなそれを聞きながらティタンは目を閉じる。

遥か過去を思い出す。

「アイツの為に何でもしようと思った。アイツの為なら死なんて怖くもなんとも無かったし、きっとアイツの為に戦って、アイツが死ぬならその時俺も共に死ぬと思っていた。……実際はそうはならなかった」

「それって、貴方の……」

「アイツは俺を置いて行った。誓い合った筈だったんだ。共に戦い、共に死ぬ。アイツは最後の最後で俺を裏切った。俺は置いて行かれたんだ」

兵を慈しむ女だった。ティタンは彼女の事を愛していたし、彼女の愛を感じても居た。

だから彼女が俺の生存を願ってくれたのは嬉しく思う。だが俺のみ無様に生き残る事が本当に幸せだったたと、そう思うのか？

酔いが回っていた。思考が飛んで、支離滅裂であった。ティタンは火照った頭を振って熱を飛ばそうとするが上手く行かない。

「俺一人生き延びて……どんなに惨めだったか……」

「それが……貴方が死を望む理由？」

「あぁクソ、呑み過ぎたな。……幻滅したか？」

「………いいえ。でもね、ティタン」

でもね、ティタン。

その言葉の続きを、ディオは放とうとしない。

「……どうした？」

「止めて置く」

「何故」

「言ったらもう、後戻り出来そうに無いもの。少なくとも私は止まれる自信が無いわ」

「どうやらとんでもない事を考えてるみたいだな」

「ええ、私に取っては勇気の要る内容ね。これまでの人生で最も難しい問題よ」

「そうかい。……じゃ、じっくり悩んでくれ」

もうお開きにしよう。ティタンはそう言ってもう一度頭を振る。大きく深呼吸して冷静さを取り戻そうと必死だ。

「ティタン、私がここまで腹を割って話したのよ。たとえ死者にどんな思いを抱いていようと……簡単に死ぬのは許さないわ」

「……約束出来ない」

「降参と自分で言ったでしょう？」

「………今日は狼の遠吠えが多い。ただの狼の物じゃないぞ」

誤魔化されないわ、といきり立つディオにティタンは否定の言葉を送る。

適当な事を言って誤魔化そうとしている訳ではない。ティタンとて其処まで子供染みたことはしない。

訝しげな顔のディオにニヤリと笑う。巨大な満月と、狼の遠吠え。生暖かい風。これらは戦いの予兆だ。

「満月だ。夜の神シンデュラは月の満ち欠けにその権能を左右されると言う。知っているか？」

「シンデュラ……？　アルバノ大山脈に根付く蛮族達が崇める古き神の一柱ね。それが？」

「有名な話だと思うがな、シンデュラは満月の夜こそ最も力を増し、その邪悪なる加護をワーウルフへと与える。初めて会った時に黒いワーウルフを見たろう？　あの漆黒の毛並みはシンデュラの寵愛の証だそうだ」

「興味深いわ。そういえば王都の学者がそんな事を言っていた気がする」

「嘘か真かは知らない。だが、満月の夜から少しの間ワーウルフ達が猛り狂うのは確かだ。アンタと出会った時にやりあったのもそういった手合いだったのだろう。……他の個体と一線を画す黒い奴、死闘を望むなと言う方が無理だ」

ティタンは握り拳を作った。ミチミチとなる筋肉、震える力瘤。意識すれば、途端に戦意が沸き上がる。

「一月待った。あの黒狼と命を賭して戦う時が来たんだ」

「ティタン、貴方って人は……」

「ディオ、アンタの言葉は嬉しい。嘘じゃない。だが……そういう訳だ」

ディオは胸中複雑であった。今正に目の前の男の身を案じ、今まで誰にも掛けた事のないような切ない言葉を投げ掛けた。

しかしこの男ときたらディオの言葉をさらりと流して更なる死地を望んですらいる。

制止の言葉などある筈も無い。戦士が戦いに赴くのを、どうして止められようか。

彼が戦いを求めるのは正しい。戦うから、戦士だ。

ディオは目を閉じ、顎をツンと突き出した。

「兵には二日与えたわ。本当は七日は与える心算だったけど……それでも彼等はゆっくり休んだ筈よ」

「……そう来るか」

「貴方の物言いは酷く水臭いじゃない。一人抜け駆けして勝利の栄光を掴もうと？」

「強敵だ。兵だけで無くアンタも無事では済まんかも知れんぞ」

「幼き日、初めて父の隊に加わった時からその覚悟は出来ているわ」

成程、水臭い考えか。ティタンは卓上に放置されていたグラスを取る。

もう残り僅かとなった巨大なボトルの中身。ティタンはそれを二つのグラスに分けた。

「ウゥ・ヴァン（戦士よ戦え）、ロゥ・カロッサ（誓いに懸けて）」

「ウーヴァン、ローカロッサ」

極短い戦詩と共にティタンの掲げたグラス。ディオも合わせる。最後のワインを干し二人は拳を打ち付けあった。

言葉は多く要らない。ティタンはそのままディオに背を向け屋敷を出ようとする。

ところが、後ろに引っ張られる感覚。ディオが防塵マントの裾を摑んでいる。

栗毛がディオの美貌に影を落とし、潤んだ瞳がその中で僅かに煌く。アッズワースでは珍しい生温い風。酒精に徹底的に堕落させられた、のぼせた脳が判断を誤らせる。

ティタンはそれを嫌った。酒に惑ったりしないように、努めて冷静を装った。

「どうした、離せ」

「…………」

パッと手を離し、ディオは屋敷へと戻ってゆく。

ティタンは笑った。笑って見せたが、余裕はなかった。

「そうだ、慎重になれ、指揮官殿」

軽薄な言葉は誰にも届かずただ生温い風に呑まれていく。

◇　　◇

「ワーウルフ討伐の為の部隊が既に出発しているようね。熟練兵で編制された精鋭だそうよ」

「当然だな。……当然だが……出遅れたか」

「フォーマンス、具体的な彼等の目的は？」

「間引きです。群れ五つ、そうでなくとも最低十頭を目標として兵を出すそうで」

「ワーウルフ十頭……ティタン、どの程度の物かしら」

「……都合よくワーウルフが十頭現れて真正面から戦うなんて事は無いだろうが……、そうだな、確実な勝利を求めるなら五倍の人数を出すだろう。更に安全を期して、ワーウルフの縄張りを荒らして狩り出す筈だ。血の臭いで誘《おび》き寄せるか、乾燥させた薬草を焚いて奴等の嫌がる臭いをばら撒く」

「以前私達も用いた手段ね」

昼前、アッズワース城門外にて出撃の準備を進める兵達を横目に、ディオ、フォーマンス、ティタンの三人は額をつき合わせて話し合う。指揮官が忌憚なく一傭兵と意見交換する様子を訝しげに見るのは門兵や他の部隊の者のみで、セリウ家の兵士達はもう慣れた物だ。

彼等にしてみればティタンは魔物との戦いの専門家だ。アッズワースの地理もほぼ完全に把握しており、その意見を疑う者は居ない。

「だが……今回は順調には進まないだろうな」

「何故だ？」

「フォーマンス、彼と出会った時に黒いワーウルフを見たでしょう。……相当な強敵らしいわ」

「何が起こってもおかしくない。……たまにこういう事があるのさ。ゴブリンロードやアークオーガ、御伽噺に出てくるような強力な個体が現れて、有無を言わさず魔物達を統率する。……ま、アッズワースはそういった強敵達ですら打ち倒してきたが」

「ほぉ……難しい戦いになるか」

フォーマンスは顎鬚《あごひげ》をしごいた。ディオを補佐する彼は常に作戦の危険度、兵士の安全等に思いを巡らせている。

「急げば討伐隊に追い付ける。彼等と協力しましょう」

「或いは敵を誘き出す餌になってもらうか」

「……余り好みでは無いわね」

「俺達が何をしても、或いはしなくても、討伐隊はワーウルフを探し出すか、誘き出すさ」

「戦いの方法と覚悟は決めておく。でも実際どうするかは現地で考えるわ」

「それでいいと思う」

「ふふ、軽口も大概にね」

ティタンは討伐隊があの黒いワーウルフを討ち取れると思っていなかった。根拠は無く、ただの直感だった。その不思議な直感があったから先を越される等と言う心配はしなかった。

その討伐隊への侮りとも言える不遜さがティタンの態度に見え隠れしていて、ディオは苦笑しつつ窘める。

「フォーマンス、行けるわね」

「万事抜かりなく」

「では進発する。フォーマンス、ティタン、後ろに」

ディオは背筋を伸ばして威風堂々歩き、愛馬に騎乗した。フォーマンスとティタンもそれに続き、出撃準備を終え号令を待つ兵達の前に進み出る。

指先までピンと伸ばした手を天に掲げ、陽光の下に声を上げる。

「セリウの名に賭けて私は戦う。お前達にはセリウの名の許に死んで貰うわ。……遺言状は書いてきたかしら？」

兵達はふてぶてしく笑った。

「よろしい。狙いは黒いワーウルフ。伝承によれば夜の神シンデュラの加護を受ける強敵よ。……さぁ奮え兵ども！　死闘の果てに、黒き狼の首を掲げて勝ち誇るが良いわ!!」

兵達が唸り声を上げる。僅か三十にも満たない軍勢の気勢がアッズワースの城壁をすら震わせる。

ディオは愛馬を歩かせた。彼女の愛する兵士達は、足音高くその後ろに続いた。

◇　◇

彼女達は一日掛けて草原と丘陵を越えた。獣、魔物を追い散らし、物静かながら、確かな闘志を胸中に漲らせ。

彼女達は越えて、駆け抜けた。魔物の蔓延るアッズワースの北の大地を潜り抜け、ワーウルフ達が闊歩する森の近くまで。

「フォーマンス、兵達を」

「止まれぃ！　横陣を組め！」

フォーマンスは主君の意図を読み取って即座に兵達を止め、陣を組ませる。

遠くで煙が上がっている。ティタンは下馬し、苦笑いした。

「馬鹿な連中、森を焼いたのか」

「深き森を焼くのはアキロト神や精霊達の怒りを買うわ」

「今は頭に血を上らせた魔獣達の方が問題だ」

蒼天に昇る煙。何かの焦げる臭い。討伐隊が火を使ったのは明らかだった。

ワーウルフを狩り出す為の行いならば悪手である。森一つ焼いたら何がどうなるのか、全く知識を持たない者が作戦を指揮したのだな、とティタンは断じた。

「悲鳴が聞こえる」

ティタンはポツリと漏らした。ディオとフォーマンスには何も聞こえていなかったが、ティタンの鋭敏な感覚を二人は信じていた。

「森の向こう側？」

「哀れな泣き声だけがな。狩られているのは果たして人間の方らしい」

「友軍を救わねばならないわ！」

「混乱の中に飛び込めば無駄に被害を増やす。手段を選ぶ必要があるだろう」

「当然ね。……陣を維持せよ！」

ティタンは周囲を見渡した。森を迂回する必要がある。気も漫《そぞ》ろな状態でワーウルフの縄張りに、……しかも住処を焼かれて激昂しているだろう強力な狼達の領域に踏み入る事は出来ない。

「森を迂回する。その先で陣を敷き、味方の受け入れと迎撃態勢を整えろ」

「同意見よ。しかし余り悠長にしている時間があるとは思えないけれど？」

「〝出来る〟奴を数名貸してくれ。弓の使える奴だ。……俺を信じるのならば、だが」

ディオはニヤリと笑った。傭兵が一隊の指揮官に向かって兵を貸せと言ったのだ。

ディオは全く躊躇しなかった。即断即決。それが必要とされる状況だった。

「フォーマンス！　見繕いなさい！」

「承知」

「兵ども！　友軍が襲われている！　我等はこれの救助に向かう！　数名、ティタンと共に友軍を導き、残りは迎撃態勢を整えるわ！」

応！　と声が上がる。敵を恐れぬ戦士達の勇ましい唸りが。

北の大地に吹く風がティタンの髪を揺らす。フォーマンスが選抜した五名の兵達の顔をぎろりと睨みつけて、ティタンは口端を歪めた。

精鋭部隊と呼んで差し支えないセリウ家の兵士達の中でも特に優秀且つ勇敢な者達だ。ディオもフォーマンスも、自分を心底から信頼してくれている。

「光栄だ傭兵！　貴様と共に死地に向かうのは！」

兵の一人、つり目の女が剣と盾を打ち鳴らして言った。ティタンは拳を自らの胸に打ちつけ応える。

「お前達と共に勝利を得たい。金銀の山よりも尚価値ある宝となるだろう」

ティタンの言葉に兵達は破顔した。ティタンは駆け出し、彼等もその後に続く。

「ティタン！」

ディオの声。ティタンは振り返らない。

「行きなさい！　でも、私の言葉を忘れないように！」

ティタンは拳を天に突き上げた。心臓がドクドクと高鳴って、血の流れは轟々と唸っていた。

闘将ディオ　4

ティタンと五名の兵達は戦いの予感に強張る身体を宥めながら走った。流れる汗もそのままに、ただ只管敵の気配を探しながら。

悲鳴の傍まで近付けば多くの死体が転がっている。煙を噴く森と矢を射掛けられて針鼠のようになった魔獣。そして喉頸を食い千切られ、腸を引き裂かれて血溜まりを作る人間の成れの果て。

その向こう側に、壊走寸前の状態でじりじりと後退を続ける兵団。

「一方的にやられておる」

兵の一人が荒い息の合間に零した言葉。ティタンは鼻で笑った。

「奴等も戦う心算はあったんだろう。しかし何も考えず火攻めにしてみたら、手に余る数の魔獣達が溢れてきて……後は見ての通りだな」

「火は駄目なのか？」

ティタンは兵団の規模を見た。そう多くは無い。精々が三十で、転がる死体達と足しても五十に届くかどうかと言った所だ。

「獣が相手ならそれで良い。だがアッズワースの魔獣を……それも森一つ相手にするには頭数が足りてない。……さぁ無駄話は終わりだ」

ティタンは雄叫びを上げた。戦いの雄叫びだ。

馬鹿でかい、ともすれば人間のものとは思えない程の咆哮に魔獣達が反応する。ワーウルフや森の中で細々生きていたであろう狼。そして探せば何処にでもいるゴブリン。

ティタンの背後で兵達も吼える。同時に、呼びかけが行われた。

「東だぁー！　東へ向かえぇぇー！　援軍だぞぉー!!」

突如として現れた援兵に崩れかかっていた兵団は息を吹き返した。ティタン達の誘導に従い、ギリギリの所で陣を維持しつつ移動を続ける。

ティタンは一度咆哮した後は、足音すらも静かなままに直走《ひた》った。

「ティタンに続け！　奴に後れを取るな！」

獣の如き速さ。影が大地を滑るようになんら違和の無い疾走。

足取りは僅かも乱れず、上体が揺れることも無い。両の目は只管に敵を探し、睨みつけ、猛禽の如くギラギラと輝く。

「Woo!!」

雄叫びと共に跳躍する。陽光に煌く刃。その鋭き一撃。

ティタンは風の如く駆け抜け、とうとう兵団に追い縋る一頭のワーウルフに襲い掛かる。首と肩に三本も矢が突き立っているが、興奮状態にあるワーウルフは些かも止まる気配を見せない。

そういう状態の魔獣達が満ちている。だからあの兵団も散々に追い立てられているのだ。

だが、ティタンはなんら問題にしなかった。血腥い息を吐くワーウルフの爪が己の身体に辿り着く前に剣を繰り出す。それはワーウルフの咽喉に突き刺さり、盛大に血を噴出させた。

急激な失血によって身体の制御を失いじたばたともがくワーウルフ。倒れ伏した後も狂った目だけがティタンの背を追う。未練がましく、寂しげに。

「射よ！」

矢がティタンの背後より飛来した。ティタンの眼前に立ち塞がろうとしたゴブリンの頭を正確に射貫き、絶命させる。ティタンはその屍を越えて次なる敵に肉薄する。

身体能力を駆使して走るティタン。相対したワーウルフも地を蹴っていた。灰色にくすんだ針金の如き体毛の下で太い血管がびくびくと震えているのが解る。

視界が急激に狭まり、時間が急激に引き延ばされる不思議な感覚。唸るワーウルフの顎も、爪も、全ての動きが夜に降り下りる霜の如く遅い。

「(温いぜ)」

ティタンは身を捩る。首元を血と土のこびり付いた汚れた爪が通り抜ける。爪を振り切った後のワーウルフの肩に手を添えて、ティタンは優しく抱き締めるように身体を密着させた。

心臓を一突き。剣は何の抵抗もなくするりと潜り込み、ワーウルフの鼓動を止めた。

「速い、強い！」

感嘆の声もティタンには遠く感じられた。剣を引き抜くと同時に柄尻に左手を添え、倒れ伏すワーウルフの脇を擦り抜けるようにして身を沈ませ、短い呼気と共に両の手を突き出す。

ワーウルフの巨体の陰から新手が迫っていたのだ。白い体毛に返り血を浴びたまだ年若いワーウルフ。ティタンはその眉間に真っ直ぐ突きを繰り出す。

ワーウルフは己を守る本能か、両手を重ねて顔の前に突き出した。ティタンの剣はその発達した手を両方とも貫いたが肝心の眉間へは辿り着けない。

即座に右手を胸元へと這わせ短剣を抜き放ち、ワーウルフの無防備となった胸部へとぶつかって行く。ず、と掌中の鉄が肉を割る感触。ティタンは大きく息を吐くとワーウルフの身体を蹴り倒し牡鹿の剣と小剣を引き抜いた。

噴き出す血。倒れる魔獣。手には敵を切り裂いた感触ばかりが残る。そしてその高揚と、達成感。

「Wooooooo!!!　Vaaaaaaaan!!!」

吼えるティタン。その両腕を広げ胸を開いた、触れれば燃えそうなほど熱い立ち姿。掲げた白刃の煌きと、そしてそれにこびり付いた血の滑《ぬめ》り。妖しい輝きが敵を恐れさせ、味方を鼓舞する。

次が来る。まだまだ敵には困らない。ティタンの意識は深く深く潜っていく。戦えば戦うほどに、ティタンの精神は研ぎ澄まされていく。

五名の兵士達が追いついてくる。二名が弓を、三名が盾を構え、ティタンの前へと躍り出る。

更に迫ろうとしていた二頭のワーウルフ。それぞれの胸に一本ずつ矢が突き立ち、兵士達は盾を押し出してそれにぶつかっていった。

裂帛の気合と共に体当たり。三名の兵士は盛大にワーウルフを仰け反らせ一丸となって剣を繰り出す。その間にティタンはもう一頭のワーウルフを突き殺していた。

弓を構えた二名は尚も矢を射続ける。ゴブリン、ワーウルフ、狼、的は幾らでもある。

「(長く留まれば死ぬな)」

ティタンはそう思った。ティタンでなくてもそう思うだろう。

隣で気勢を上げる兵士の肩を叩き、素早い動きで後退する。陣を敷きつつ逃げてゆく兵団へと合流する為だ。

ティタンと五人の兵士達は友軍の殿《しんがり》に侍り、その場の誰よりも勇敢に戦い続けた。追い縋る敵を受け止め、跳ね返し、彼等は友軍を守った。

◇　◇

滾々《こんこん》と湧く水を湛えし祭壇に登り、蜂蜜色の髪を一度、手で梳く。震える桃色の唇から吐息を吐き出すと、彼女はゆっくりとその中に身を投じた。

とぷ、と水がたゆたう。凍えるほどに冷たい筈の、アッズワースの地下に流れる湧水は、しかし彼女に温もりを与えた。

灯火の無い祭祀場。薄暗闇の中で祭壇は微かに光る。彼女は水中から揺れる水面に手を伸ばし、其処に大いなるものの意思を感じると、目を閉じた。

彼女の神。クラウグスの最も古き水より始まり、人々を育んだもの。

パシャス。

アメデュー。

「（女神パシャスよ、どうか御声を）」

その願いは即座に叶えられた。祭壇の水が緩やかに渦巻き、身体を擽《くすぐ》るようにして撫で擦る。名を呼ばれた。直ぐ傍にパシャスの吐息を感じる。一糸纏わぬ彼女を、赤子をあやすようにして抱きすくめる温もりを。

女神パシャスの恩寵。パシャスの神殿最奥部、その聖域で水に身を任せ、彼女はそれに縋った。

『おぉ、おぉ、愛しい娘。よくぞ来た』

頬に口付けられる。たっぷりとした唇と、母が子に向けるが如き愛を感じる。

彼女はされるがままにしながら祈る。それ以外に術を知らない。

「（女神よ、我等の母よ、愚かな私に救いをお与え下さい）」

パシャスは鼻が触れ合う程の距離で瞳を覗き込んでくる。長い睫が揺れ、形の良い眦が歪む。

朱色の衣、アリバスの朱衣を手繰り寄せ、パシャスは彼女の頬を撫ぜた。彼女の胸の内など、パシャスにはお見通しだったった。

『あぁ……そうなのだな、アメデュー』

「（何故なのでしょうか）」

『お前の嘆きは我の我儘のせいだ。よく分かるとも』

パシャスに与えられた名に、彼女は生まれて初めて疑問を抱いていた。

アメデュー、偉大な騎士の名だ。嘗てアッズワースの守りの要として戦い、時の流れの中に忘れ去られた者の一人。

素晴らしき名を与えられたと思っていた。これまでは。

「(あの方は私を受け入れてくれない)」

彼女は幼くしてパシャスに見出された。物心ついた時には王都の神殿に召し出されており、高度な教育を施された。

教養、武技、神秘。何もかもに懸命に取り組み、欠片ほどの疑問も抱かなかった。彼女は幼少の頃から既にパシャスの信徒として完成していた。

彼女が己の運命を選択したのは丁度十年前、十歳の時だ。歳に見合わぬ聡明さを備えていた彼女はその理性と信仰を認められパシャスの領域に招かれる。

そして見た。遥か古の、今や伝説と成り果てた数々の戦い。

その中で剣を掲げ、肉体を戦慄かせ、雄叫びを上げる戦士の姿を。

パシャスが見せた戦士の姿には疑問や躊躇を差し挟む余地が無かった。猛々しく、そして屈強。

しかし同時に、ただそれだけの男と言う訳ではない。

烈火の如く燃え立ち咆哮する戦場での姿。それに全く相反する、日々の営みの中での理知的な姿も、彼女に憧憬を抱かせる。

剣を磨ぎ、書に親しみ、友と語らう姿。彼は一度戦いを離れれば寧ろ物静かだ。

何より、彼が伴侶に寄せる信頼、微笑み、……愛。

それらが、酷く眩い。

ティタン。その名は忽ち彼女の中で絶対の物となった。

女神パシャスは彼女に言った。

『お前を彼の従者としたい。彼の打ち立てるであろう数々の偉業、掴み取るであろう大いなる栄光に付き従わせたい』

その言葉を受け、幼かった彼女は未来に思いを馳せ陶酔した。否やなどある筈も無かった。

自分が彼の戦いの全てを支え、寵愛を受ける。その光景を夢想する。それは素晴らしい事だと心の底から思えた。

少女らしい幼さ、一途さだった。

「(私がアメデューだから)」

しかし彼女が待ち望んだ勇者から与えられたのは拒絶だ。彼は自身の最も侵されざるべき聖域に無遠慮に踏み込んだパシャスを許そうとしない。

大陸の隅々まで名声を轟かせる女神に、まるで阿らず膝を突かない。畏れなど当然無い。いっそ潔いとすら言える姿に畏怖を感じると同時に、彼女はどうしようもなく悲しくなった。

戦士ティタンに仕える事のみを夢見て十年、己を練磨し続けた。世間知らずの小娘と言われたらそれはそうだ。

それでも、彼女にはそれが全てだった。

『アメデュー、我はアッズワースに、クラウグスに、嘗ての光を取り戻させたいのだ。これまでお前達に説いてきたように』

「(存じております。全ての人々に、古きよき時代の強き姿を)」

『それの魁《さきがけ》となるのは我の知る最も美しい伝説が相応しいと考えた。……我はお前にアメデューの名を与え、ティタンに侍らせ……伝説を蘇らせようとした』

パシャスの姿が水に溶けて消える。かと思えば背後に気配が現れ、彼女を後ろから抱きすくめた。彼女のうなじに頬を寄せ、蜂蜜色の髪に指を差し込む。

水中にゆらりゆらりと揺れ広がる美しい髪。それを手で梳きながら、パシャスは尚も言葉を続ける。

『アメデューよ、嘆くでない。どうかお前自身の名を嫌わないでおくれ。……なに、案ずるな。真摯に仕え続けるのだ。奴も、いつの日か必ずや受け入れる時が来る』

パシャスの宥めるような言葉に希望を見て彼女は目を開いた。悠然と微笑む慈愛の女神は、変わらず彼女を抱き締め、頭を撫で続ける。

「(ティタン様が、私を？)」

『…………死者は戻らぬと言う事実を、だ』

パシャスの言葉の意味は彼女には推し量れなかった。

『ティタン、アメデュー、本当に可愛い奴等よ。……しかし何時までも愛でてやる訳にも行かぬ。現世へと戻るが良い』

「（パシャス様……）」

最後にもう一つ、パシャスは彼女の頬に口付けた。言葉の意味、パシャスの真意を問いたい気持ちは確かにあったが、信奉する神が戻れと言うならばそれに抗う事は出来ない。

水が渦巻き身体を引っ張る。唐突に足の裏に硬い感触を得て、彼女は立ち上がった。

薄暗い祭祀場。パシャスの神殿最奥部に、彼女は戻されていた。

『名誉ある使命を与える』

パシャスの声が響く。先程までの猫を甘やかすような声とは違う、力と威厳に満ちた凛々しい声だ。

信徒として、パシャスの神託を授かるべく彼女は跪いた。水の祭壇の中で跪く彼女の裸身がぶるりと震える。

『ティタンの許へ向かえ』

「一体何事でしょうか」

『北に戦いの気配が迫っている。小競り合いで収まるような物では無い。記録すべき、熾烈な戦いとなるだろう。我が勇者は既に其処へと向かい、敵の血を浴びた後のようだ』

「ティタン様が」

『人間達の塔を越えた更に北、闇の気配の濃い領域ゆえ我が声が届かぬ。……アメデューよ、充分な戦力を取り纏めている余裕は無い』

「はい、我等五名のみで直ちに」

パシャスによって齎された情報に彼女の憂いや嘆きは何処かへと吹き飛んでいた。

ティタンが戦いへと赴いた。それもパシャスが危惧するほどの激しい戦いに。黙って見送る事は出来ない。

たとえたった一人でも彼女は北へと向かった筈だ。どれ程拒絶されたとしても、彼女の勇者はティタンだった。

『今までお前が経験してきた戦いとは訳が違う。相手は我が宿敵シンデュラと、あれを崇める醜い魔獣だ』

「たとえ逃れ得ぬ死が待ち受けていようとも、勇者ティタンに従います」

『恐れぬか、アメデュー』

「女神パシャスと、勇者ティタンと、そして自分自身の名誉と誇りの為に」

『ほう。受け入れられずとも？』

「……パシャス様が見ていて下さる。ならば恐ろしくはありません。それにあの方を守って死ねば、あの方は私の事をずっと覚えていて下さるかも知れない」

『くくっ、愛い奴だ。立て、アメデュー』

パシャスの面白がるような声。彼女は水を払って立ち上がった。

『それで良い。自分が何なのか、アメデューと言う名が何なのか、疑う必要は無い。思うままティタンに語り掛けよ。奴の背を追うのだ。それが最良の結果を齎すだろう』

「……はい」

『さぁゆけぃ！　闇の軍団の尖兵を挫け！　奴等はティタンと、お前達の剣の輝きに思い知るだろう！　嘗て凍てつく北の大地に立ち上がり、遍く強敵を打ち倒した、クラウグスの伝説の再誕を！』

気付けば彼女の心は晴れていた。ほんの少し前までは他の事が何も考えられなくなる程に思い詰めていたのに。

いざ戦いが始まるとなると途端に自分のすべき事が見えてくる。自分もクラウグス人だな、と彼女は思う。

それとも、彼女の思う主が……。

戦士ティタンの戦う姿が、そうさせるのか……。

◇　◇

「ティタン、良い？」

ティタンを眠りから引き上げたのはディオの声だ。ティタンは僅かな気だるさを感じながらも身を起こす。

身体に巻きつけた毛布を引き剥がせばティタンの裸体は汗でうっすらと濡れていた。天幕の中を暖める焚き火の勢いが強過ぎたらしい。

ディオはティタンの直ぐ傍に膝立ちになっている。完全装備のままだ。

「敵か？」

「敵なら引っ切り無しに。でも今は軍議に参加して欲しいわ。貴方の意見が聞きたい」

「行こう」

ティタンは手早く装備を身に着ける。その最中にディオ。

「まだ日が落ち始める前だけど、眠っていたのね。よく休めたかしら？」

「余り。だが戦場での眠りなどそんな物だ。先ほどまでの戦いの昂りが腹の底にたまって、落ち着けない」

「……よくやってくれたわ。貴方達六人の戦いは語り草になるでしょう」

ティタンは準備を終えてディオに向き直る。

「連中は？」

「命に別状は無いわ。安静にしていればね」

「……なら良い」

ティタンと共に友軍の救援に向かった五名は皆傷を負った。その中でも三名の者は特に酷い重傷を負い、今も治療を受けている。

多くは望めない。五名の内から死者が出ていないだけでも奇跡的だ。神々の加護と、彼等の勇敢さの賜物である。ティタンは俯き、拳を胸に叩きつける。

「共に戦った戦友達の快復を心底から願うぜ」

「……私もよ。さぁ行きましょう」

天幕を出ればフォーマンスが控えていて、ディオとティタンに続くように後ろに並ぶ。

「アンタらが直々に迎えに来るとは、俺も何時の間にか偉くなったもんだ」

ティタンの軽口に二人は小さく笑うだけだった。

向かった先の天幕には何人もの部下をずらりと引き連れた線の細い男が待ち受けていた。

アカトン・オーレー。ワーウルフ討伐隊の指揮官であり、森を焼いた男である。忙しなく天幕のあちこちに視線を巡らせ、顔色は蒼褪《あおざ》めている。

「待たせたわね、アカトン卿」

「いえ。……そちらの者は？　……肩のエンブレムを見るに、傭兵のようですが」

「傭兵よ」

ティタンは防塵マントに括り付けられた獅子のエンブレムを指で弾く。傭兵は雇用契約期間中、或いはギルドの任務を遂行中はエンブレムを見える場所に携帯しておくことが義務付けられている。

傭兵、と言う言葉にアカトンはハッキリと顔を歪めた。

「傭兵にどんな意見があると？　ろくでなし揃いのごろつき達です」

「ただの傭兵ではないわ。彼の名はティタン。貴方の部隊を守ったのは彼よ。我が五名の兵と共に、命を賭して」

アカトンは唖然とティタンを見た。しかしディオが冗談で言っているのでは無いと理解すると、即座に椅子から立ち上がりティタンに歩み寄る。

優雅な一礼。それも念の入った物だ。更にアカトンは礼をしたまま謝罪した。

「……今の発言を撤回……いや、お前を傭兵と同列に語った事を謝罪する。そして救援に心からの感謝を。ティタン、よくぞ兵達を救ってくれた」

むず痒い。ティタンは肩を竦めながらアカトンの謝意を受け取ると、話を急かした。

「軍議に参加しろと言われた。何か進展が？」

「堂々巡りよ。だから貴方の話を聞きたいの」

ディオはうんざりだ、とでも言いたげだった。

今、部隊は追い詰められている。ワーウルフの散発的な襲撃によってアッズワース要塞方向に撤退することも出来ず、東の大渓谷へとじりじり追いやられてしまっていた。今では切り立った崖を背に陣を敷き、兵士達を休憩させている。

森から溢れ出た魔物達に徹底的にうちのめされたアカトンの部隊はワーウルフへの恐怖を刻み込まれていた。精鋭と言う前評判はどこへ行ったのか、とティタンは苦笑い。

生き残る方法はそれほど多くない。激戦覚悟で強行突破を狙い、アッズワース砦へと帰還するか。或いは息を潜めて敵をやり過ごし、密やかに逃げるかだ。

ティタンとしては前者しか在り得ないと考えている。ワーウルフの優れた五感から逃げ遂《おお》せるのは不可能だ。戦って道を切り開くしかない。

「ワーウルフ達はこちらを見失っている。はぐれが散発的に襲ってくるのが良い証拠だ。奴等がこちらを捉えているなら、もっと群れ成して襲い掛かってくるはずだ」

アカトンはティタンに自論を披露して見せた。息を潜め、敵をやり過ごし、逃げ延びようというのがアカトンの考えだ。

ティタンは希望を持たせないようハッキリと答える。

「違うな。奴等なりの作戦さ。こちらを緊張させ、疲れさせ、怯える様を見て楽しんでいる。獲物をじわりじわりと追い詰める狩人の手管だ」

「馬鹿な。相手は魔獣だぞ？　そのような知能があるか」

「相手をただの魔獣と思わないほうが良いわね」

ディオが割り込む。不思議そうな顔をするアカトン。

「名代殿、先ほどもそう仰っていたが、どういう意味なのです？　敵はワーウルフではないのですか？」

「それについて詳しいのがこのティタンよ。彼は類稀な戦士であると言うだけではなく、古の故事や伝承、そしてそれ以上に強敵に対して詳しいわ」

ティタンを睨むように見詰めるアカトン。ティタンはその視線を真っ向から受け止めた。

「黒いワーウルフ。最近の奴等はひょっとしたら御伽噺としか思っていないのかも知れないが、そういったものが存在する」

「話には聞いた事がある。……だが見た事は無い」

「夜の神シンデュラの寵愛を受けたワーウルフと言われる。真偽はどうでもいい。重要なのはその黒いワーウルフが他と隔絶して強く、狡猾で、計算高いと言う事だ」

「待て待て。……お前には確かに感謝している。だがいきなりそんな話をされても。……相手は魔獣だ。矢張り我等の疲弊を狙うような作戦を用いるとは考えられない」

ティタンはディオを見遣る。ディオは頭を振る。

水差しから水を注いで一口含み、ディオは頷いた。何としても説得しろと目が言っていた。

「……アンタの考えを確認したい。アンタは現状に対してどういった方策を持っている？」

アカトンは周囲の部下達を見遣る。直近に居た参謀らしき者が進み出た。

「まずはそれがしからもお礼申し上げる。それがしはバイロン・ガザ」

バイロンは敬礼した後言い聞かせるように語った。

「我等は今崖を背負うようにして陣を敷き、西部からのワーウルフの襲撃を跳ね返している。これは散発的な物で、群れから逸れたワーウルフが偶々こちらを見つけ、空腹を満たすために行っていると、我等は考えている。……ティタン殿は違うようだが」

「そうだな、違う。奴等は俺達をからかいながら機をうかがっているに過ぎない。そして機とは奴等が最も猛る夜であり、シンデュラの加護を受ける事の出来る月下だ」

「……殺気立った魔物達が落ち着いてから要塞に戻るべきだと我等は判断した。その頃には兵達の動揺も収まっている筈だ」

「ほぉ……。だがその頃には黒いワーウルフも動き出し、殺意を漲らせて襲い掛かってくる。疲れ果てた兵達は満足な抵抗も出来ないまま奴らの腹に納まる」

皮肉っぽい態度。ティタンはアカトンとアカトンの家臣団の妄想にも等しい予測を打ち砕くために言葉を続ける。

ワーウルフがこちらを見失っているなどありえない事だ。「そうであってくれたら良い」と言うアカトン達の願望に過ぎない。

信じたい物を信じる人間だ。楽観と希望的観測に頼って森を焼き、今こうして危機に瀕している。アカトンはそれを繰り返す心算なのだとティタンは感じた。

「アンタ等だって心の底では不安な筈だ。ワーウルフ達は俺達よりもずっと目と耳と鼻が良くて、俊敏で、そして執念深い。そんな奴等が俺達を見失うと？　逆はありえても、それはない」

「我等は朝、森で火と共に奴等の鼻を潰す薬草を焚いていたのだ。それを嫌って逃げた可能性もある」

「……今まで多くのワーウルフと戦った。連中がそんな間抜けなら、とっくの昔に絶滅しているさ」

「彼はギルドで『人狼狩り』の異名を取る男よ。敵の恐ろしさを最も知っているのは彼だわ」

むぅ、と唸るバイロン。ん？　と首を傾げるティタン。

さらっとディオが口にした二つ名はティタンに全く馴染みの無い物だった。思わずディオを見遣るが彼女はすまし顔だ。

「初耳だぞ」

「知らぬは貴方ばかりね。でも、私も相応しいと思うわよ。……アカトン卿、私が初めて彼と出会った時、彼はたった一人で三頭のワーウルフに襲い掛かっていったわ。瞬きの間に一頭を突き殺し、更に掛かる一頭の頭蓋を貫いた。……そして三頭目、我等の真の敵である黒いワーウルフと睨みあい、それを退散させた」

「ワーウルフ三頭？　三人でワーウルフと戦ったのではなく、三頭のワーウルフと戦ったと？　馬鹿な、そのような事を出来る人間が居る筈は。……いや、しかし……まさか……本当に……？」

バイロンがアカトンへと向き直った。

「ご主君。森からの撤退の折、この者と五名の兵達の戦い振りを部下が見ております。この者はワーウルフの動き、急所を完全に熟知していたと」

「真かバイロン」

「重ねて言うけど、彼は専門家よ」

ディオの強い押しにアカトンは頻りに唸る。アカトン自身、この場に留まることに心の何処かで不安を抱いている。

ティタンは更に一押しした。

「いずれ夕暮れ。そして夜だ。そうなったらもう勝つ術は無い。幾ら火を焚こうが、夜目の魔法を用いようが」

「……だが」

「突破か、待機か、いずれにせよ奴等は必ず来る。賭けても良いぜ。…………勇敢に戦い道を切り開くか、怯えて縮こまり死を待つか。戦士として正しい姿はどちらだ？」

場に沈黙が満ちた。周囲を見渡し、ディオが宣言する。

「決まりね」

◇　◇

セリウの兵が先に立ち、軍団は警戒しながら南へ向かった。ワーウルフの襲撃を受けたとき最も混乱せずに対処出来るであろうからだ。

アカトンの部隊は朝の内に四割の兵が死に、残る者は徹底的に恐怖を刻み込まれている。アッズワースでも記録に残るであろう大敗北だ。この兵達が士気を取り戻すには時間が掛かるとディオは判断した。

ならばやるしかない。セリウの兵達はワーウルフの脅威に対し酷く緊張していたが、高い戦意を維持していた。アッズワースで連戦連勝を重ねた自負があり、指揮官であるディオへの信頼もある。

そして一人の戦士の存在。並居る兵を差し置いて先頭に立ち、僅かな気の緩みも見せず風の音に耳を澄ませる傭兵。

息を詰め、感覚を研ぎ澄まし、ただ敵の影を捜し求めるティタン。彼の実力と精神性を良く知っているセリウの兵達は頼もしさと共に競争心を掻き立てられている。

奴に続け。奴に負けるな。戦い、勝利し、戦士の中の戦士となれ。

兵達は恐怖を感じる度にそう呟き、勇気を奮い立たせた。

「陽が落ちる。奴等は来ない」

行軍の最中、ティタンの後ろに続く兵士が言った。

橙色の夕日が地平線と触れ合おうという頃合。あの太陽は間も無く蠟燭《ろうそく》の火がとぷりと撓《たわ》むように形を崩し、消えうせ、そして夜が訪れる。

「監視塔までそう遠くない。順調に行けば夜になる前に奴等の領域から離れられるな」

「順調に行けばな」

ティタンは油断無く遠方の森を睨みながら答える。

「何か居るぞ」

「敵か……」

「魔物の類ではないな。魔物は……」

ティタンの視線の先には黒々とした森が広がる。木々の合間に奇怪な鳴き声が響き渡り、茂みがざわざわと揺れている。

血の臭いが鼻をついた。尋常の様子ではなかったが、ティタンは慌てなかった。

「あれ程美しい殺しをしない」

「は？」

狼の鳴き声。それと同時に森の中から何かが飛んでくる。

森に住まう狼の骸だった。喉頸を切り裂かれ絶命した狼が地を転がり、血溜まりを作って噎せ返るような鉄臭を放つ。

そしてそれをした者がするすると茂みを掻き分けて現れる。涙の形をした聖印を首から提げたフードの一団。周囲の兵達が感嘆と喜びの声を上げる中、ティタンは溜息を吐いた。

「なんと……！　パシャスの巫女殿達では？」

「の、ようだな」

「このような場所で出会えるとは幸運だ。巫女殿達にご助力いただければ勝算は高まる」

「正直、気が進まん」

何故だ、と兵士が問う前にパシャスの信徒達がティタンの前に進み出て恭しく跪いた。周囲の兵達がどよめく。

ティタンは舌打ちしたい気分だった。これまでこういった事は何度かあった。

疑問を感じた人間に一々説明して回るのは如何にも面倒な作業であるし、パシャスの信徒達がどのように崇めてきたとしても馴れ合う心算は無い。

自分の名とパシャスの執着心によって起こる余りにも想像しやすい様々な問題。それらを嫌って、ティタンの考えは自分の経歴を隠す方向に傾いている。パシャスの信徒達が一々礼をし、跪くのは非常に鬱陶しい。

ティタンの内心を知らない兵士達は顔を見合わせて首を傾げた。

ただの傭兵にクラウグスの一大勢力パシャス教の巫女が跪いたのだ。それも金の腕輪、ローブの背にはこれまた金の刺繍。これは巫女達の中でも最上位の者達が身に着ける戦装束だ。

「呼んだ覚えは無いぜ」

巫女達の先頭に立つのは矢張りアメデューに良く似た女だ。

ティタンは無意識のうちに視線を逸らした。フードの中で俯く。

「ティタン様がシンデュラの勇者との戦いに赴くとなれば、御仕えしない訳にはいきません」

「黒い奴か」

シンデュラの勇者。黒いワーウルフの事を指しているのは間違いないだろう。

「パシャス様より神託が下り、我等はティタン様を追って森を越えて参りました」

「ご苦労な事だな。パシャスは夜の神シンデュラが嫌いなのか？」

「パシャス様は三百年前、アッズワースを守護する誓約をクアンティン王と結ばれてから誠実にその約定を果たして居られます。シンデュラとは宿敵とも言うべき間柄です」

「ほう……」

ティタンに取っては初耳だ。三百年前、ティタンが死んだ後の（正確には死んでいなかったのだが）話だろう。

古よりある夜の神がアッズワースを狙っているというのもそうだ。……とは言っても三百年前のあの時は、クラウグスと神々、その両方の勢力図が極めて流動的に変わり続けていた。何が起きてもおかしくない状況ではあったが。

「マルカバの誓約ですね。話には聞いておりましたが、改めて女神パシャスとその信徒の方々に尊敬の念を抱きます」

異常を察して移動して来たらしいディオが優雅に会釈しながら言った。背後には変わらずフォーマンスが控える。

パシャスの信徒達が目を細めたのをティタンは見逃さない。

「お初に御目に掛かります、セリウ名代殿。私はアメデュー。私自身は巫女ではありませんが、パシャスの戦巫女達を統率しています」

「私の事をご存知だったようですが……改めて、私はディオ・ユージオ・セリウ。セリウ家、ストランドホッグ兵団の指揮官です」

「そしてティタン様の現時点での主でもあられる」

「……えぇ」

含みのある言い方だった。が、ディオの指揮官としての思考はそれと関わることを拒否していた。端的に言って、時間が無かったからだ。

「パシャスの巫女殿、私達は今ワーウルフの襲撃を警戒しながらの撤退中です。一秒でも時が惜しい」

「撤退？　失礼ながら、この兵団はワーウルフと戦う為に編制されたのでは？」

「その通りです。が、敵は……貴女方が仰る所の〝シンデュラの勇者〟は、既に強大な戦力を整え、周到な作戦でこちらに狙いを定めています」

「敵はそこまで力を蓄えていましたか」

会話の途中でアメデューに良く似た女はティタンへと向き直る。

「ティタン様、お手伝い致します。我等に貴方と共に戦う名誉をお与え下さい。同胞を守る名誉をお与え下さい」

「……」

「我等の窮地には、我等をお見捨て下さい。我等死す時は、我等の屍を打ち捨てて下さい。たとえクラウグスの北の北、魔獣の大地にて朽ち果てても、それこそ女神パシャスと我等の誇り。我等を戦士としてお認め下さい。貴方の邪魔にはなりません」

巫女達には気迫があった。一歩も引き下がらぬという覚悟が目に表れている。

巫女達の宣誓に周囲の兵達も気圧され、僅かなざわめきすら聞こえない。一つ、冷たい風が吹く。

戦士としての覚悟を表した五人の巫女達は、跪きながらティタンの言葉を待っている。

「ティタン、貴方にどのような確執があっても彼女達の戦いには関係ないと思うわ。パシャス教は私達が生まれるよりもずっと前からアッズワースの防衛に邁進してきたのよ」

ディオに苦笑を返した。別に子供のような我儘を言う心算は無い。

ティタンは息を吸い込んで漸く言葉を発した。唇が乾いていた。

「好きにしろ」

「では」

「お前達が使命の為に戦うならば、その名誉と栄光は既にお前達の物だ。それが誰に奉げられるかまでは干渉しない。……俺の後ろに付け。ここを切り抜けるぞ」

巫女達は息を呑み、互いの顔を見つめあった。アメデューに良く似た女が平伏する。

「あ……わ、我等の戦いを照覧あれ！」

「そういうのは良い。さっさとしろ、時が惜しい」

「はい！」

巫女達は一斉に立ち上がり、ティタンの指示通りその背後に付いた。

ディオですら、一連の遣り取りに顔を引き攣らせた。ティタンに親しげに話しかけていた兵などは最早ティタンを見る目が変わっていた。

「ティタン、貴方は……私が思っていた以上に正体不明の人物のようね」

「……先を急ごう」

「……進発！　進むわよ！」

ディオの号令で兵団は撤退を再開する。

◇　◇

アッズワース北の監視塔まであと少しと言った頃合。魔獣達の蔓延る森も途切れ途切れになり、もう少しの辛抱で草原地帯まで出られる所まで来た。

夕暮れの中に闇が混じり始める。ここから先は真に魔の支配する時間だ。撤退の完了が近いと同時に、正念場でもある。ティタンは感じていた。

自分がワーウルフならどこで攻めるか。最早機会はここしかない。

その予想通り、ティタンは臭いを感じ取った。風向きが変わった一瞬、血腥さと獣臭さを同時に嗅ぎ取った。

「ティタン様？」

巫女達が足を止めたティタンを見る。その張り詰めた空気に各々剣を抜き放ち、呼吸を整えた。

ティタンと彼女達の空気は周囲に伝播する。兵団の前衛を務めるセリウの兵達は緊張しながら武器を握り締める。

遠方、森の途切れた辺りで影が蠢《うごめ》いた。のそり、のそりと薄暗闇から現れ出でたそれらは、牙を剝き出しにして唸り声を轟かせるワーウルフの集団。

「おい……居るじゃないか」

そしてその先頭にただ一頭、ぎょろりと見開かれた狂気を感じさせる目。身震いもせず、唸り声も上げず、漆黒の毛並みを風に靡かせながら待ち受ける超然とした姿。

黒い身体の首と耳に金の輪が光る。夕日をキラキラと反射させているから遠方でもよく目立った。

ティタンは獰猛に笑う。金の首輪と耳輪はシンデュラからの贈り物だ。三百年前、様々な勢力が跳梁跋扈した黒竜戦役に於いても、金の輪を身体に纏った強力なワーウルフが確認されている。尤もそれらは竜狩りの英雄ケルラインによって討ち果たされたらしいが。

一月の間、戦い損ねた強敵の事を思い力を蓄えていたのはティタンだけではなかった。シンデュラの勇者、黒きワーウルフも同じ気持ちだったのだ。

「両思いだったらしい」

ぞろぞろと取り巻きを十数頭も引き連れて、それだけで恐ろしい戦力だが。

それよりも何よりも、黒きワーウルフただ一頭に心が昂る。

「戦闘態勢！　正念場よ！」

後方からディオの声が響く。

「我等の生死を分かつは今、この戦い！　勇気を奮いなさい！　戦士の戦士たるは何かを証明しなさい！　敵と味方の血を浴び、臓物に塗れ、正気を失い果てたとしても、それでも生き残りなさい！　我等は堂々と戦って道を切り開き、アッズワースへと帰還する！」

ディオが吼える間にもワーウルフ達は数を増していく。二十は超えた。一頭を相手に五人で掛かるのが良いとされる危険な魔獣だから、敵戦力はとっくの昔に許容出来る範囲を超えている。

ティタンはゆっくりと歩き出した。全身に力を漲らせ、黒いワーウルフに集中した。

ティタンに続くようにパシャスの巫女達が戦装束を風に翻らせ前進する。そしてそれに引き摺られるようにして、セリウの兵士達。

少しずつ彼我の距離が近付いていく。誰もが走り出し、理性も何もかなぐり捨てて敵に躍り掛かりたい気持ちになってくる。じわじわと敵が近付く感覚は時に肉薄して戦うよりも恐ろしい物だ。相手が強敵ならば尚の事。

それを雄叫び一つ漏らさず静かに進軍できるのは、偏《ひとえ》にセリウの兵士達の練度と胆力の賜物だ。

一歩一歩、ゆっくり、ゆっくりと近付いていく。黒いワーウルフの鼻面がはっきりと解る程の距離まで来た。

どく、どく、と心臓が鳴る。いざ、戦いの時。

しかしその時、横合いの森の中から無数の影が飛び出してきた。影達は遠吠えを上げ、血に餓え、邪悪にして醜悪だった。

味方に飛び掛かり、分別も無く暴れまわる。引き裂き、食い千切る。
ワーウルフの奇襲だ。セリウ家、ストランドホッグ兵団の陣が真横から食い破られた。

闘将ディオ　5

　ワーウルフの奇襲、これだけならば別段珍しい事も無い。魔獣は山野の深き茂みに忍び、獲物の臭いを見つけては急襲してくる。人々は多くの場合、備えをもってそれに立ち向かう。

　しかしこのワーウルフの集団は一隊を囮とし、それに注意が向いたティタン達の隙を突いてもう一隊で攻撃してきた。明らかに作戦と言う物を用いている。

「(敵を侮った。愚かな話だ)」

　背後を見遣ってティタンは鼻を鳴らす。十数頭からなるワーウルフの奇襲隊によって後ろに続いていた兵団は大きく揺さぶられている。セリウの兵達がそれでも個々に反撃の意思を見せているのは流石と言うべきか。

「(これまで戦ってきた強敵達。ゴブリンの王やオーガの突然変異も、魔物達を強力に統率していた。シンデュラの勇者だけ出来ない道理は無い)」

　ディオが果敢に声を上げて味方を鼓舞する。突然の急襲にもうろたえず、彼女の周辺は即座に陣を組んだ。

　しかし、ワーウルフの勢いは強い。

「引き返せぇぇ！　下がれ、下がれィッ！」

「馬鹿な！　退いては駄目よ！　退いた所で逃げられない！」

アカトンの撤退命令とそれに反抗するディオの怒声。兵達が混乱する中、ティタンは味方に襲い掛かるワーウルフの群れへと突っ込んだ。

獲物に喰らい付くその瞬間を夢想し涎を垂らした魔獣。これを仕留めるなどティタンに取っては実に容易い事だ。剣を閃かせて猛然と走るティタンに続き、パシャスの巫女達も祈りの言葉を唱えて剣を抜く。

一頭、瞬きの間に切り倒す。掛かる勢いのまま更に踏み込み、更にもう一頭。それに巫女達が続く。一人が風に靡く稲穂のようなしなやかさで攻撃を受け流し、その隙を突いて控えた者が鋭い一撃を繰り出す。攻め手の無防備な背中を守る為に更に一人が前に滑り出し、入れ替わり立ち替わりワーウルフ達に攻撃を繰り返す。

ティタンは自分に追随する巫女達の剣捌きに感嘆の息を漏らした。邪魔にはならぬ、と偉そうな事を言うだけはある。体捌きに多少不安は残るが、確かに彼女達はワーウルフを上回る腕前を持っていた。

「下がれ！　黒い奴が動いた！　下がるんだ！　全滅させられるぞ！」

「アカトン卿！　駄目だと言っているでしょう！　……ええいあのモヤシ野郎！」

アカトンを罵るディオ。彼女の周囲を固める兵達にも五頭、襲い掛かる。ワーウルフ達は灰色のくすんだ毛並みに大きな身体をしており、他と比べても強力な個体なのが一目でわかる。

混乱しかけた状態で五頭ものワーウルフに襲い掛かられたら持ち堪えるのは不可能だ。応戦する兵達の隙間を突破し、一頭のワーウルフがディオに襲い掛かる。

「ディオ様、御下がりを！」

割って入ったのはフォーマンスだ。彼は盾を構えて体当たりしワーウルフを突き飛ばすと、ディオの跨る馬の尻を思い切り叩いた。

ワーウルフの襲撃に竦みあがっていた馬が弾かれたように走り出す。ディオは声を上げた。悲痛な叫びだ。

「フォーマンス！　馬鹿！」

「兵ども！　踏み止まれ！　我等の主を御守りせよ！　獣どもを跳ね返しながら、少しずつ後退する！」

「フォーマンス！　やめなさい！　あぁ、止まりなさいこの駄馬‼」

この混乱の中でもティタンの耳は一連のやり取りを聞き逃さなかった。拙いな、と何処か他人事のように考える。

逃げた所で意味は無い。これから先は夜。森の中を追い詰められ、最後には狩られる。最初から言っている通り戦って切り抜ける以外に生還の術は無いのだ。

ワーウルフ達がティタンと巫女達を包囲しようと動きを変えた。本能に任せて襲い掛かってこようとはせず、じりじりと距離を推し量り、ずらりと周囲を取り囲む。

屈強な敵の壁。その向こうには散々に引っ掻き回されて逃げ散る味方。背後を振り返れば黒いワーウルフが魔獣達を従えてこちらを見据えている。

進退窮まった。ティタンは笑った。ディオは生きろと言ったが、この場が死地となるだろう。

聖句を唱え、剣をきつく握り締める巫女達に問う。

「お前達、怖いか？」

「いいえ、ティタン様」

「嘘吐け、震えてるぞ」

「武者震いです。我等は貴方を信じております。たとえ死しても、貴方とパシャス様が我等に名誉を与えて下さる」

「名誉か。クラウグスの戦士が望む最大の物だ」

「そうです。……クラウグスの古より決して変わらぬ物。次の時代、次の子らの為に命を燃やし尽くす名誉と栄光」

「追い詰められてこそ奮い立つ物がある。お前達はよく解っているな」

ティタンは笑みを深めた。肩を竦めてのんびりと懐に手を突っ込む。襤褸切れを取り出すと、丹念に牡鹿の剣に滴る血を拭った。

周囲を取り囲むワーウルフ達など、まるで居ないかのような振る舞い。しかし瞳は暗く燃えていた。戦いに赴く勇気。強敵と神々の御名の許に死を賜る覚悟。

「ははは……。今この時こそ、俺達はアッズワースを守護する戦士の中の戦士。魔を払う真紅の太陽。凍てつく風の中に苦痛を受け入れ、飢え、渇き、語らぬ者」

ティタンの戦詩だ。周囲を囲むワーウルフ達を睥睨し、その一頭一頭に視線を合わせ、必殺の意思を練り上げていく。

「宣誓、栄光、流血、同胞、歴史、……Woo。そう、今この時こそ、俺達は戦士の誇りその物。ウゥ・ヴァン、ロゥ・ラン」

余裕綽々のティタンの様子。ワーウルフ達はそれでも襲い掛かってはこない。結局ティタンは牡鹿の剣を丹念に磨き上げ、鞘へとしまう。代わりに抜き放つのは予備の長剣だ。

沢山斬らなきゃいけない。ティタンは使い潰しても良いように常に剣を三本準備している。

「命を賭して戦うは、何の為か」

呟くように言うティタン。これから死ぬぞ、と言う気持ちになると、不思議と昔の事を思い出す。

多くの苦境。多くの強敵。数え切れぬ死線。

戦いに次ぐ戦い。そして、それを彩った多くの強者達と……愛しい女。

「はぁぁぁぁぁッ！　アァァァァッ!!」

ティタンは吼えた。思い出を振り払うように。多くの戦士達と肩を並べた事、そしてその多くの戦士達を看取り、自分が今ここに立っていると言う事。

三百年経っていようが変わりはしない。戦士は戦う。名誉と栄光。使命と歴史。正義と未来。そして何よりも誇りの為に。

戦士は、戦う。

戦士よ、戦え。

ティタンは吼えた。思い出を振り払うように。

「Wooooooooooo!!!　Vaaaaaaaaaan!!!」

◇　◇

「逃げ道はない！　貴方には勇気も計算高さも無いの?!　追い詰められた兎のように、惨めに首を食い千切られるのが望み?!　冗談ではないわ!!」

ディオはアカトンを締め上げていた。即座に反転し、ワーウルフ達と戦うよう要求していた。

陽は沈む。夜が来る。ワーウルフ達から逃げられる筈も無ければ、陽が落ちて勝利を得られるような作戦も無い。

今戦うしかない。どれ程の犠牲を払ったとしてもだ。それがディオの指揮官としての判断だ。

そしてそれよりも何よりも、配下を置き去りに逃げ出す不名誉を受け入れることが出来なかった。

ディオは兵を率いる立場の者だ。冷徹な計算で死を命じる事は当然ある。そしてそれは言うまでも無く、苦渋の決断だ。

だが今回のこれは違う。明らかに間違った選択の為に、ティタンや助力してくれたパシャスの信徒を置き去りにした。

ディオの心は怒りと羞恥、そして嘆きでいっぱいだった。

「名代殿！　落ち着かれませい！　幸いな事にあれ程の襲撃を受けたにしては損害は軽微で、敵の追い足も鈍い。迂回して撤退を！」

「恥を知りなさい！　何故損害が無いのか！　何故追撃が無いのか！　解り切った事でしょう！」

止めに入ったバイロンの言い訳は虚しい物だった。自分の放つ言葉がどれ程白々しいか、バイロンですら解っていた。

ディオは摑みあげたアカトンを突き飛ばす。烈火の如き怒りの陰に、悲痛が見え隠れしていた。

「私の部下が踏み止まっているからだわ！　ティタンと彼に従うパシャスの巫女達が！　無様な我等の代わりに戦っているからよ！」

「……名代殿、私とて、部下の命を背負っております。最善の選択をしなければならない」

「アカトン卿、これ以上私を怒らせないで。……貴方の参謀は?!　少しでも建設的な意見を出せる者は居ないの?!」

ディオ一人に完全に気圧されたアカトンの参謀達。抗しきれない憤怒を前に唾を飲み込むばかり。

その胆力の無さにディオは今度こそ見切りをつけた。怒りもわかない。失望とはそういった物だ。

遠くから雄叫びが聞こえる。魔獣達の遠吠えが。獲物に襲い掛かる前の歓喜の声だ。香りを楽しみ、牙を突き立てた瞬間に溢れ出す血の味に思いを巡らせた時の。

そしてそれに交じって人間の声が聞こえた。ディオは息を止めた。

Woo Van
雄叫びは言っていた。ディオはその言葉を知っていた。

「……この雄叫びは」

フォーマンスが耳を澄ませる。ディオは最早アカトン達に見向きもせず、座り込んで恐怖に震える兵達の許へと歩いた。

Wooooo Vaaaaaan
雄叫びは続く。何度も何度も繰り返される。

ウゥ・ヴァン。ウゥゥー・ヴァァァーン。出鱈目な意味の無い音にも聞こえるそれ。

ディオは血が出るほどに唇を噛んだ。

「古の言葉よ。神々の始まりの言葉。人が生まれる以前に封じられ、限られた者達のみに伝承を許されたとされる力ある言葉」

「ディオ様」

「ウーは肯定、攻撃的な意思、戦い、そして雄叫びを意味し、ヴァンは堅固な者、強き者、戦士を意味する」

もう一度聞こえた。ウゥ・ヴァン。今度はこれまでの物よりもずっと長く、力強かった。

「〝戦士よ戦え〟と、彼は言っているのよ」

夕暮れの森の小道でディオは唇を噛み締める。

「誰も知らないのよ、ティタン。昔は誰もが知っていた筈なのに」

貴方の戦いの詩を。戦士の心を。

どうして戦うの？　誰も貴方の後に続かず、誰もその死に様を知ろうとしないでしょう。

見返りは無く、ただ歴史の陰に埋もれていく。貴方ほどの戦士であっても。これまで多くの物を忘れてきたように、人々は貴方の事も。

なのに貴方は。

どうしてそうも美しい姿で戦いに向かうのか。

Woooo Vaaaan!!!

「…………………戦士よ、戦え!!」

ディオは座り込む兵士達に叩きつけるように声を放った。突然の大喝に兵士達が顔を上げる。誰も彼も疲れ果てた表情をしている。

ディオは構わなかった。新たな咆哮が届き、ディオは再び応える。

Woooo Vaaaaaaaaaaan!!

「戦士よ、戦え！」

突如として叫び始めた主君に唖然とするセリウの兵達。しかし彼女が何を言っているのか理解すると、目はぎらつき、手足に力が満ち、口端はふてぶてしく歪む。

Wooooooooooo Vaaaaaaaaaaaaaaaan!!!!

「戦士よ!!　戦え!!」

ディオの眦に涙が浮かんだ。ティタンが歌っていた。自分も歌うしかなかった。

誰も貴方の言葉を理解しないならば、私が貴方を歌おう。

戦いなさい、ティタン。全うしなさい、ティタン。

不器用で不親切な貴方の代わりに、私が貴方を歌ってあげる。戦士の心を伝えてあげる。

「戦士よ！！！　戦え！！！」

――戦士よ！！！　戦え！！！

◆　　◆

◆　　◆

ワーウルフに囲まれながらティタンは空を見上げた。

俺の雄叫びに応えるのは、矢張りお前か、ディオ。

ティタンの雄叫びに散々に煽られて、ワーウルフ達も最早我慢の限界に来ていた。唸り、汚らしい涎。がちがちと牙を鳴らし、みちみちと筋肉を震わせている。

「ティタン様、敵が動きます」

シンデュラの勇者は未だにワーウルフ達を抑え込んでいるようだった。それが何故なのかは解らないが、何にせよその統制も限界に来ているだろう。

ティタンはやっぱり、笑った。遠くから返された咆哮。誰が吼えたかなんて考えるまでも無い。

ディオの雄叫びに、不思議と力を与えられた気がした。戦士の心を知る者が居る。ならばそれで
……

満足だ。

「どうした、来いよ、犬っころども」

シャランと剣を鳴らす。それが合図であったかのように一頭のワーウルフが飛び掛かってくる。

ティタンはそのワーウルフを迎え撃つ。爪の一撃を受け流し、返す刃でワーウルフを貫く。

熱い返り血。ティタンの心臓は今再び喚きだす。

「ヴァン！　ロゥ・カロッサァァァァ!!」

◆　◆

カロッサ。それは誓いを意味する。戦士の中に生まれ、死した後尚残る物。

ディオは遠雷が如きティタンの詩に応えた。伯爵令嬢、名代、そのような肩書きは今何の意味も持たない。

沈み行く夕日のようにディオの魂が燃えている。可憐でも、優雅でもない。しかしその咆哮と眼差しが確かに兵達を燃え上がらせる。

太陽の様に。

「戦士の、宣誓に懸けて!!」

巫女の一人がパシャスの加護を用いて衝撃波を放った。パシャスより預かった神秘の一端だ。ティタンはそれによって作られた空白に躍り込み、閃光の如く剣を振るう。

今、確かに聞こえた物がある。深き森と空を越え、人狼どもの唸り声を掻き消してティタンの耳に届いた声が。

続けざま、ティタンは吼える。

「ヴァアン！　ロゥ・ディイイーン!!」

◆　　◆

それは栄光だ。名誉ある死と並び称される物、栄光だ。

ディオは剣を抜いて地面に突き立てた。兵達がのそり、のそりと立ち上がり始める。

私の背に何が見える？　私がただの世間知らずで、貴方達をただ無為に死へ追いやるだけの愚か者ならば、そのまま俯いていれば良い。

しかし本物の戦士の雄叫びと、私の背に栄光を見たならば！

「戦士の、栄光に懸けて!!」

迫る大顎。ティタンは身をかわし膝蹴りを叩き込む。怯んだ隙にナイフを繰り出し、喉頸を抉《えぐ》る。

見開かれた目は絶え間なく敵を求める。戦いに次ぐ戦い。強敵に次ぐ強敵を求める。

心臓は一度脈打つ毎に爆ぜるような衝撃をティタンに伝えている。ティタンは剣を閃かせた。

ワーウルフの胴体を薙ぎ払う。筋肉と骨を半ばまで断ち切り、そこで剣が歪む感触がした。

鉄の軋み、己の呻き。噴き出す汗と、敵の血に塗れ、ティタンは尚も吼え続ける。

ディオに戦士の詩を伝える為に。新たな敵を貫きながら。

「ロゥ・ヴェイン！　ロゥ・クレム！　ロゥ・ライイィール!!」

◆　◆

流された血と、全ての同胞。それらが積み重ねてきたもの。

ディオは知っている。己が何の血を受け継いだか。何の為に生まれたか。

何故、生きるのか。ディオはとっくの昔に答えを出している。

「流血に懸けて！　同胞に懸けて！　歴史に懸けて！」

◆　◆

段々と、声が重なっていく。ティタンとディオの心が同化していく。

一頭を突き、一頭を切り裂き、一頭を抉り、神魔鬼神の如き強さを見せつけるティタン。血は燃え、心臓は喚き、肉は震える。強敵と戦う喜びに、自然と頬は緩み、詩が口を衝いて出る。

兵一人一人を見詰め、彼等に説く様に、そして叩き付ける様に気を発するディオ。額には汗、眦には涙、唇には血。固く握られた手は心情を表し、自然と喉が引き絞られ、詩が口を衝いて出る。

「セイル！」

「克己！」

「ヴォーラ！」

「不屈！」

「ウィンガー！」

「守護！」

「アンディオーサ！」

「営み！」

「レウ！」

「使命！」

「ロゥ！　ヴァン！　アリィー！　サウラァァージ!!」

「戦士に宿る、それら全てに懸けて!!」

ティタンは敵を撥ね除け、剣を天に突き上げた。ディオは土を払い、剣を天に突き上げた。

「Woo!!」

「戦え!!」

「Woo!!」

「戦え!!」

「Woo!!」

「戦え!!」

ぎらり、と二人の目が輝いた。

「ウゥ・ヴァァーン！！！！」

「——戦士よ、戦え！！！」

「ロゥ・ラァァーン！！！！」

「——誇りに、懸けて！！！」

ディオの周囲で立ち竦む兵達。気迫に圧倒され、枯れ果てた喉に唾を飲み込み、息すら詰める。

ディオは全ての者に聞かせた。セリウの兵も、アッズワースの兵も無い。戦士としてすべき事は同じなのだ。

戦って道を切り開く。戦士ならば。

そう、戦士ならば。

「戦士ならば！　己の死を常に思っていて然るべきだわ！」

ディオは自らの剣で左の掌を裂いた。血の零れだした手を握りこみ、苦痛を受け入れ、それを美貌に這わせる。

ディオの顔は直ぐに血で化粧された。泥にも血にも塗れぬ戦士が居る物か。これはディオなりの戦化粧であった。

「戦士ならば！　その死に納得できる理由を持っていて然るべきだわ！」

ディオに倣ってセリウの兵達が血化粧を施し始める。汗に塗れた頬に血を塗りたくり、苦痛を共有する。

「戦士ならば！　同胞を見捨てない！　戦士ならば！　如何な苦境にも屈することは無い！　戦士ならば！　戦士ならば！

我が部下が未だ踏み止まり戦っている！　尊敬すべきパシャスの戦巫女達も！　そして其処に強敵が居り、私はアッズワースを守る数多の戦士達の一人！

……ならば、私が行く理由はそれで充分よ。私は古よりクラウグスを守り抜いてきた戦士達の末裔なの。

誇りがあるわ。そして責任も。今この時こそ私はアッズワースを守る戦士の中の戦士。沸き立つ血を究極の犠牲として奉げ、無辜の民草と、クラウグスの栄光と、我等の祖霊達の名誉を守る。

……御免なさい。本当はもっと、気の利いたことを言えたら良いのだけれど。

……結局はこれだけ！　さぁ我こそ勇者と言う自負在らば！　我こそ戦士と言う自負在らば！

私に続きなさい！　死を受け入れ、しかしそれに打ち克つのが本物の戦士よ！　矜持を取り戻しなさい！　使命を思い出しなさい！　我等の戦いが未来を拓く！　私の背に、名誉と栄光を追い求めなさい!!

ウゥ・ヴァン!!　ロゥ・ラン!!」

ディオは小走りに駆け出した。馬も用いず徒歩で。先程の様に無理やり逃がされては困る。

「この期に及んでは是非もなし」

真っ先にフォーマンスが続く。主君が覚悟を持って兵を煽り、しかも先頭を駆け出した。これ以上止める事は出来なかったし、その心算も無かった。

続々とセリウの兵達が続く。戻っても其処に居るのは抗いようの無い強大な敵だ。数十頭のワーウルフの群れなど、数百名規模の討伐軍が編制される事態である。しかし彼等には怯えも戸惑いも無い。ただ神々に祈り、ディオの背を追って駆けて行く。

「ディオ・ユージオ・セリウ……」

「アカトン様、宜しいのですか」

「指揮官殿、後生です。このまま見送るは戦士の名折れ」

アカトンの下に組織された兵達は戦慄した。死を恐れぬ、と口で言うのは簡単だ。しかし恐れを殺しきれぬのが人間である。

彼等はうなじに熱を感じていた。突き動かされるような焦燥を。

このまま見送るだけでよいのか、と兵の一人が呟いた。

「……声が……聞こえた……ウゥ・ヴァン……ロゥ・ラン……」

一人の女が重たい足取りで現れた。腹に巻かれた包帯に血が滲んでいる。朝方、ティタンと共にアカトンの隊を救った五名の内の一人だ。

重傷ゆえ、これまで寝かされていた。それがティタンとディオの咆哮に目を覚まし、這い出してきたのだ。彼女は軍医から受け取った革袋から水を呷り、飲み干すと投げ捨てる。

アカトンの配下が声を掛ける。

「そなた、その傷で動けば死ぬやも知れんぞ」

女は荒い息を吐く。目だけが爛々と光る。

「傭兵が……ティタンが、まだ戦っている。そして、我が団の同胞達が、今また戦いに赴いた。……彼等だけを行かせるくらいなら……私は死を選ぶ」

そして走り出す。傷を負った人間とは思えぬ俊敏さで、鎧も着けず、一振りの剣のみを握り締めて。

アカトンは歯を食い縛った。不甲斐なさで涙が零れそうだった。

大きく息を吸い込み、天を仰ぐ。沈む太陽を見詰め、とうとう覚悟を決めた。

「我等も行くぞ！」

「心得た！」

「荷を捨てろ兵ども！　武器のみ持って突っ走れ！」

◇　◇

強敵に取り囲まれた状態でより一層ティタンは滾った。息は乱れに乱れ、足捌きも崩れかかっているのに、その剣の閃きは鋭い。爪も牙も潜り抜け敵の肉体を貫く様はまるで魔法のようで、夕日に照らし出された血塗れのその姿は正に伝説に残る〝アッズワースの大英雄〟その物だ。

パシャスの巫女達は思い知った。〝ティタン〟と言う名。〝ティタン〟と言う伝説。古より伝わる恐るべき戦士の戦いを。

誇張も何も無い。只管に強い。美辞麗句で彩る必要も無かった。ただただ、強い。

ティタンは強い。当然ではないか。巫女達は思い知った。

「光栄です！　貴方と共に戦えることが!!」

一人の巫女がティタンの左に飛び出す。襲い掛かるワーウルフの牙を代わりに受け、肩を引き裂かれて血を流した。

ティタンはナイフを投擲した。ワーウルフの眼窩を貫通し絶命させる。巫女は肩からの出血にも構わず神秘を纏った右手を突き出し、衝撃波で後続のワーウルフを吹き飛ばす。

「水よ奔《はし》れ！　水よ唸れ！」

直ぐに別の者が援護に入る。パシャスの力は大別して二種。色も形も無き、パシャスの激しき感情の業とされる衝撃の奇跡と、パシャスが支配するとされる水の権能の顕れ、優しく激しい水流の奇跡。

水の鞭がパシャスの感情を顕す様にうねる。怒りに悶え、のたうつように、目にも留まらぬ速さでワーウルフ達を打ち据える。

「俺に構うな！　眼前の敵を斬れ！」

「Woo!!」

「さぁ来るがいいシンデュラの下僕ども！」

ティタンと巫女達が形成する円陣は強固だった。四方八方から来るワーウルフ達を幾度も跳ね返している。

しかし太陽は既に沈みかけている。暗闇が辺りを満たし、ワーウルフ達はより活発化する。

夜の神シンデュラの時間が訪れたのだ。敵が力を増すのに比べ、ティタン達は確実に体力を奪われていく。

くくく、と小さな笑いが洩れる。ティタンの物だった。

「ティタァァァァーン!!」

笑みが崩れた。ティタンはワーウルフの爪を受け止めながら背後を一瞬見遣る。

森の小道から松明を掲げ兵達が駆けて来る。その先頭は、ディオだ。

彼女は正しい選択をした。勝つか負けるかは解らないが、少なくとも生き残る目のある選択を。

「(戻ってきたのかよ指揮官殿)」

「ディオ・ユージオ・セリウは、少なくとも臆病風に吹かれて貴方を置いて行ったりしないわ！」

一気呵成に襲い掛かり、ティタン達を囲うワーウルフを薙ぎ払う。ディオを先頭にした兵達は既に身の守りを捨てていた。命を引き換えにしても敵を倒すという気迫があった。

「火を絶やすな！」

「押し込め兵ども！　押せ！　押せ！」

「神々の加護ぞある！　夜の軍勢を押し返せ！」

捨て身の攻勢はティタン達に掛かり切りだったワーウルフの群れを容易く押し返した。兵達の形成した戦線の内側でパシャスの巫女達が膝を突く。

無理も無い。短時間の内に全力を振り絞り、極限まで心身をすり減らしながら戦った。そこへ突然の友軍。力が抜けて当然と言う物だ。

「オーレー家の名の許に、進め兵ども！　死んでもだ！　臆病者の汚名を受けて生き永らえるよりは、俺と共に死ね！」

「セリウの兵達に後れを取るな！　イヴニングスター戦士隊は友軍の盾となる！　人狼何するものぞ！　悪神何するものぞ！　アッズワース大要塞は、それら全てを跳ね返す！」

「さぁ、〝戦士よ、戦え!!〟」

「おう、〝誇りに、懸けて!!〟」

ティタンは剣を投げ捨てた。予備の剣は既に三本目、最後の備えを抜き放っていて、それも既に使い物にならなくなっていた。凄まじい激戦だった。

温存しておいた牡鹿の剣を抜き放つ。周囲に満ちる戦友達の雄叫びに、知らず笑っていた。

何と心強い。

「ティタン！」

ディオが現れる。先程の攻勢に指揮官自ら参加したのか、剣は血に汚れ鎧には傷がついている。

美貌には似つかわしくない血化粧が乗り、目は吊り上がって敵を威圧する。ここまで兵を駆り立てて来たその姿は正に闘将と呼ぶに相応しい勇ましさだった。

が、ディオは顔をくしゃくしゃに歪めてティタンを抱きしめた。身長差の為、ティタンの鳩尾に額を埋める格好になった。

「良く生きていたわね、偉いわ」

「……死んだつもりになっていた」

「御免なさい」

「アンタに謝ってもらう事じゃない。この戦いは俺の望みだ。生も死も、俺の器の内にある」

「貴方を置き去りにした」

「だが最後には正しい選択をした。……いや、させたと言うべきなのか？　ま、良い。敵はまだ居るんだ」

ティタンはディオを引き剥がして味方の戦線を見遣る。奇襲によって大きく敵を押し込んだ物の、ワーウルフ達の圧力は更に高まり膠着状態となっていた。

「行けるか、お前達」

「ティタン様が行かれるのであれば」

「我等は従います。たとえ地獄の底へでも」

ティタンとディオが並び立ち、その背後にパシャスの巫女達が続く。大小様々な傷を負い、疲労は激しい。

「ウゥ・ヴァン。ロゥ・ラン」

しかしその短い戦詩が、彼等を衝き動かす。ディオが拳を差し出してきた。ティタンがそれに応えて拳を打ち合わせる。

その拳を胸に。次いで、額に。そして再び拳を打ち合わせた。

「号令を。指揮官殿」

「……行きなさい、ティタン。戦い抜きなさい。貴方の名が、新しい伝説となるわ」

「ふ、面白い言い回しだ。承った」

ティタンは駆け出した。ディオも駆け出した。引き摺られるように巫女達が。

ディオの大喝が兵達に道を空けさせる。ワーウルフ達へと向けて一直線だ。そのまま戦線に殴りこみ、一気呵成に突破する。

先頭をひた走る傭兵ティタンと指揮官ディオの姿に鼓舞されて、兵達は我も我もと後に続いた。後先考えない我武者羅の攻め。命を投げ捨てるような無謀な突撃だ。

しかしその突撃が面白いようにワーウルフ達を押し込んでいく。一突き毎に敵の群れを二歩も三歩も後退させ、悲鳴を上げさせる。

「Woo‼　Woo‼　Woo‼」

狂気的な雄叫びで満ちていた。ティタンの裂帛の意思が乗り移ったかのように。

不思議な感覚を誰もが共有していた。ティタンが先頭を走れば、体が自分の物では無いかのようにそれに続こうとする。

たかが一傭兵の後に続くだけで、不思議と勇気が湧いて来る。

「どうした犬ころ、シンデュラの勇者！　決着をつけようぜ！　もう夜だ、これを待っていたんだろう?!」

ティタンの挑発。牙を剥き出しにして唸る黒いワーウルフ。

満月の許に夜の神シンデュラの加護を受け、その力は高まっている。それが奴の望みであり、今こそ最高の戦いの舞台が整った筈なのだ。

ならば何時までも後ろで退屈そうにしている道理はあるまい。ティタンは牡鹿の剣を振り上げ、それを黒いワーウルフへと突き付けた。

「お前が最も力を増した時にそれを真正面から打ち破る！　戦士としてこれ以上の力の証明は無い！

俺が恐くて戦えないなら、さっさと逃げ帰るが良い！　シンデュラの足に縋り付き、惨めに鼻を鳴らして加護を乞え!!」

とうとうシンデュラの勇者が動いた。黒いワーウルフが一吼えすると周囲のワーウルフ達が大きく後退し道を空ける。

そこからはティタンに向けて一直線だ。黒き風となり疾走する。

素早い敵だ。ティタンは思った。目が良く、相手の隙を見つけるのが上手い。少しでも油断があればたちまちに喉頸を食い破られるだろう。

その戦い方はティタンのそれに似ていた。ティタンとシンデュラの勇者は似たもの同士だ。呼吸を整え、敵を見極め、いざ攻めかからんと欲すればたちまちの内に、一撃で敵を葬り去ることを信条とする。

どちらが勝ってもおかしくない。だが勝負は一瞬。そして一撃だ。

ワーウルフが跳躍する。顎を開き、牙を剝き出しにし、爪を閃かせ。

ティタンは地を滑るように足を前に出した。世界が遅くなり、音は消え去って、視界が狭まっていく。世界の内に、己と敵だけになる。

そして今、ティタンとシンデュラの勇者が交差した。誰も目を離せなかった。呼吸すらも忘れ、その一瞬に魅入った。

◇　　◇

闇の中の目。松明の光を跳ね返し爛々と輝く。逞しく盛り上がった両の手足が大地を抉り、彼の身体を風の如く運ぶ。

ティタンも駆け出した。防塵マントを剝ぎ取って放り出し、牡鹿の剣を腰へと引き寄せ、身を沈ませて。

「震えるぜ、あの時のように」

シンデュラの勇者よ。

「ううぅう！」

唸り声はどちらの物か判別出来なかった。二人は交差する瞬間、互いの目をはっきりと見た。

振り上げられた爪。艶のある黒い毛並みが松明に照らし出され、濡れたように光る。

ティタンは死の覚悟と共に其処に踏み込んだ。この恐るべき魔獣の爪は、瞬きよりも早くティタンの喉頸を切り裂いていたとして何ら不思議ではなかった。

世界が油に呑まれたかのように遅くなっていく。一呼吸の間が何十倍にも感じられ、意識ばかりが先へ、先へと進む。目の前の敵と抱擁を交わし、刃と爪をぶつけ合う瞬間に恋焦がれている。

神話の時代から人と争い続けている魔獣の、本来ならば醜くおぞましい筈の姿が、どうしようもなく美しく感じられた。

爪が迫る。ティタンは目を逸らさなかった。黒いワーウルフの右手は、まるで蜘蛛が足を広げたかのように奇怪な有様になっている。

硬直した筋肉の硬さがありありと伝わる。そしてそこに秘められた恐るべき力も。身を投げ出すようにティタンへと跳躍し、爪を繰り出した黒いワーウルフ。

ティタンは左肩を前に出して爪にぶつかって行った。苦痛も、流血も、全てを受け入れる。

この類稀な強敵に勝利し、栄光を摑み取れるのであれば。

「(Woo Van)」

迫る敵を前に、退く事をせず、筋骨と急所を晒し、目を見開き、息すら詰め、背筋を冷たい悪寒に侵されながら。

俺も奴も同じだと思った。そして硬く鋭い爪が、ティタンの肩当てを貫通して皮膚を突き破り、肉を引き裂く。

が、それだけだ。ティタンは振り下ろされた爪が筋肉に減《め》り込んだ瞬間更に身を沈みこませ、ぐるりと捻って勢いそのままに受け流した。

ティタンの肩を激しく引き裂いた爪が大地に突き立つ。伸びきったしなやかな肉体。爪を振り切り、半身になった姿勢。シンデュラの勇者は肩口から牙を剝き出しにした凶相をティタンに向けている。

ティタンは弓を引き絞るように力を溜めていた。ワーウルフの勢いを受け流すために沈ませた肩はなんと膝と同じ高さまで下がっており、跪いているようにすら見えた。

シンデュラの勇者が体勢を立て直す前に、ティタンは力を解き放つ。折り曲げられた足、くの字に曲がった腰がみちみちと音を立て、跳ね返るように伸びた。

「(Rau lown)」

「フゥゥゥゥー」


何時しか笛の音のような鳴き声が聞こえているのにティタンは気付く。シンデュラの勇者の噛み合わさった牙の隙間から、美しい音が漏れ出ている。

伸び上がるティタンの身体。両の掌が上下逆になるように剣の柄を包み込む異形の構え。腰に引き寄せられ、その時を待っていた牡鹿の剣が矢のように放たれる。

シンデュラの勇者は大地を穿った右の爪を引き抜き、身体を振り回して左の爪を突き出そうとする。

しかし全ては遅かった。ティタンはシンデュラの勇者の鳩尾に剣を突き立てていた。

「どちらが勝ってもおかしくなかった……お前に勝てたのは光栄だ……！」

絶叫を上げるシンデュラの勇者。明らかな致命傷を負っても闘志を失わない金の瞳がティタンを射貫く。

顔を上げ、真っ向からそれを受け止めたティタンは、剣を握る両手に更なる力を送り込みながら呻いた。

腕、そして下半身に噴出する血の生暖かさを感じた。これ程の出血、如何に無尽蔵の生命力を持っていたとしても耐え切れる物ではない。

シンデュラの勇者がティタンの右肩に喰らいついた。レッドアイの革鎧をあっさりと貫き、深く深く肉を抉る。

その両手がティタンの腕を力いっぱい握り締め、爪を食い込ませた。ティタンとシンデュラの勇者は正に抱擁とでも言うべき姿になった。

勝敗は決した。だが其処にただでは死なぬと言う気迫を感じる。魔獣も獣だ。死を感じれば逃げ腰になる筈だが、この恐るべきワーウルフにはそれがない。

「ティタン様！」

「すっこんでろ！」

後方でパシャスの巫女達が声を上げる。ティタンは振り返る事すらしない。

牙で貫かれた右肩。激しい出血と痛み。途端に汗が噴出し、息が上がる。

接戦を制し決定的な一撃を与えた昂揚。死と相対した極限の緊張感。そして傷と痛みと、そこに感じる不思議な愛おしさ。

流れ出る血と汗は、それら全てが綯い交ぜになった結果だ。

シンデュラの勇者の肉体が少しずつ力を失って行く。ティタンの肩に喰らいついた大顎の隙間から、ぐふ、ぐふ、と弱々しい息が漏れる。

「最後の最後まで……美しいぜ、お前は……」

そしてとうとう黒いワーウルフ、シンデュラの勇者は、力を失って崩れ落ちた。ティタンの肩から顎が外れ、まるで縋りつくような格好で膝を折る。

ティタンは剣を抜くとその肉体を仰向けに寝かせ、ジッと見詰める。

まだ微かに息がある。夜の闇の中、松明の灯りだけでは分かり辛かったが、よく見れば矢張りかなりの出血だ。

「ウゥー……」

笛の音のような鳴き声が、また。弱々しく今にも消えてしまいそうな声が。

周囲の戦いは止まっていた。ワーウルフ達は兵団から大きく距離を取り、遠巻きにしてティタンを窺っている。シンデュラの勇者の行く末を見守っているようにも見える。

兵士達は声一つ、呼吸の音一つ立てない。ティタンとシンデュラの戦いに魅了され、それ以外の全てを忘れた。

ほんの一瞬、一呼吸にも満たない間に勝負は決した。ティタンは己の両肩から流れ出る血の熱さを感じ、それを誇らしく思った。

――名誉ある傷だ。

そして、剣を逆手に持ち替える。勇者に止めを刺す。長く苦しめる心算は毛頭無い。

しかしその時、奇怪な声が響く。

『止めよ』

男とも女ともつかない声だ。ティタンは周囲を見渡す。

何も居ない。こちらを見守る兵士達と、魔獣達がいるだけだ。

彼等は変わらず身動きしない。彼等には聞こえなかったのか？

『止めよ、これ以上は許さん』

「夜の神シンデュラか。……下僕を倒され慌てて御出ましって訳か？」

『愚かな人間め、分を弁えよ』

ティタンは構わず逆手に持った剣を頭上に掲げる。姿を現さず、ぎゃあぎゃあと喚き立ててるだけの臆病者に、何ら感じる物は無い。

ただ戦いの余韻だけが胸に残る。名誉ある戦友と名誉ある敵、名誉ある戦いと名誉ある傷。

さらばだ、強敵よ。

ティタンは静かに剣を振り下ろし、シンデュラの勇者の熱き心臓へと突き立てた。

途端、何かが破裂したかのような音が山々と森を揺らした。空気を激しく震わせ、烈風が駆け抜ける。

何かの雄叫び。耳を劈《つんざ》く悲鳴。兵士達は突然の異常事態に慄《おのの》き、身を屈めて風に耐える。

ティタンは激しく吹きつける烈風も、地の底から響くような絶叫も恐れず、背を伸ばして立った。星の瞬く夜天、煌々と輝く月に挑みかかるように、猛々しい表情で歯を剝き出す。

「シンデュラ、いや、或いはお前が他の何者だろうと構いやしない。俺が気に入らないなら今直ぐにでも姿を現し、戦って見せろ。少なくともこの黒いワーウルフはそうしたぞ」

『分かっておらん。お前達は常に己の事を大層な何かだと勘違いしておる。お前とてそうだ。お前は自身の持つ力をさぞや自慢に思っているのだろうが、我等アーヴァルより出でて闇を支配する神々に取り、お前如きは痛痒すら感じる存在ではない』

ティタンは肩を竦めた。アーヴァル、随分と古い名だ。

全ての獣の祖と、神々の半分を生んだとされる豊穣神ムカリ。その長子にして主神レイヒノムと激しく争ったのがアーヴァルだ。

鼻で笑ってやった。ティタンはシンデュラやその他の古き神々が如何な力を持っていようと構いはしない。

戦士は、戦士でない者を恐れない。

そしてこのシンデュラは、屈強な下僕を従えていようとそれを打ち倒されてすぐさま復讐する事も出来ないでいる。

「お前こそ、認識を改めるべきだな。俺は負け惜しみに一々何かを感じたりはしない。そして……」

ティタンは背後を振り向き、兵士達に向かって吼え掛けた。

「如何に強力な魔獣も！　如何に恐ろしき悪神も！　俺達を屈服させる事は出来ない！　そうとも、アッズワァァァースッ！」

兵士達は飛び上がって唸り声を上げた。彼等にシンデュラの声は聞こえていなかったが、目の前で起こった事まで見逃す程間抜けでは無い。

ディオが高らかに剣を掲げる。松明の光に照らされ、血に塗れた剣が妖しく光る。

それにつられるようにして彼等は歓喜の雄叫びを上げた。彼等は勝利した。彼等は生き残ったのである。

ティタンはシンデュラの勇者の亡骸を見下ろし、言った。

「シンデュラ、もし可能ならお前の勇者の魂に伝えろ」

『何様の心算だ。どこまで思い上がっておるのだ、人間が』

「肩の傷を、俺の生涯の誇りの一つにすると」

シンデュラの声は暫く沈黙していた。兵士達の雄叫びに追い散らされるようにワーウルフ達が逃げ出して行く。

彼等を統率していた黒いワーウルフはティタンに敗れた。彼等の中で序列は絶対だ。群れの長の命令が全てで、それを失って戦い続ける事は出来ないだろう。

やがてワーウルフ達が揃って消えうせた頃、シンデュラは漸く答える。

『いずれお前の心臓を引きずり出してやる。覚悟せよ』

ふん、とティタンはもう一度鼻で笑った。

闘将ディオ　6

「一瞬でした。本当に一瞬。まるで夢でも見ているかのような……。

黒きワーウルフ、シンデュラの勇者は飛び上がり、対する彼は地を滑るように走った。

そして、交差した。黒きワーウルフは爪を繰り出しました。その瞬間だけは、ハッキリと見えました。しかし彼はそれを見ても避けようともせず、そのままワーウルフの腕の中に飛び込んだのです。

首を刈られたと思いました。悲鳴を上げそうでした。しかし気付けば彼はワーウルフを抱き締めるように密着していて、ワーウルフは血を吐いていた。何が起きたのか解りませんでした。

彼の剣が、ワーウルフを貫いていた。魔法のようでした。私は注視していた筈なのに、全く見えなかった。突き、だった、と思います。……それだけです。

ただの傭兵ではないでしょう。あの強さ、あの立ち振る舞い。そしてパシャスの巫女達との不可解な関係。

……居る物ですな、あぁ言った戦士が。戦いの大地には」

兵団は長い時間を掛けてアッズワースへと帰還した。要塞へと辿り着いたのは朝方で、戦傷者の手当てを行い、体裁を整えた時にはとっくに昼を過ぎていた。

彼等は疲れ果てており、泥のように眠った。日が沈んだ頃に漸く起きだして来て……

そして始まったのは、宴だった。

◇　◇

戦士達は勝利したのである。

「偉大なる勝利に!!」

『勝利に!!』

「我等に！　お前達に!!」

『戦友達に!!』

体中血の滲む包帯でぐるぐる巻きにされた女が杯を掲げた。篝火《かがりび》を囲んで喚きあう人々は、掲げられた杯に応えて唱和する。

セリウ家ストランドホッグ兵団とワーウルフ討伐隊の合同祝勝会だ。勝利を讃え、奮闘を讃え、……そして、今亡き戦友達を讃える。

今音頭を取ったのは動けば死ぬやも、とまで言われた重傷の女兵士だった。酒を呑む、と言うか浴びるような狂態だが、周囲の者達は止めるどころか囃したてる。

従軍していた軍医のみが、制止のために彼女の周囲でぎゃんぎゃんと喚いていた。

「安静にしていないと今度こそ死んでしまいますよ！　良いんですか！」

「その時はその時だ！　お前も呑め！」

「あ、ちょ！」

「食わんし、呑まんから、出るべきところが出んのだ！　男一人捕まえられんまま、生娘のまま一生を過ごす気か？　はーっはっはっは！」

「しょ、しょ、処女じゃねぇし！　ってひぎゃぁ！」

セリウの兵士は軍医を抱きかかえて大回転した。そこいらで戦友達が抱き合い、杯を交わし合い、讃え合う。

噴水広場を占拠して宴を催す兵達の陽気に誘われ、様々な者達が顔を出す。職人、傭兵、兵士まで、何が何やら解らぬままに杯を掲げ、歌い踊る。

篝火囲んで狂いあう様はティタンですら笑みを漏らすほどの陽気さであった。階段の隅に腰掛けて静かにワインを呷るティタンは、青白く光る月を見上げた。

周囲をパシャスの巫女達が囲んでいる。女神パシャスに対する蟠《わだかま》りが消えた訳では無いが、それでも共に死線を潜り、背を護りあった。元より彼女達自身がティタンに悪意を持って何かした訳ではない。

胸中複雑ではあるが、今更邪険にするのは戸惑われた。

「ティタン様、改めて戦勝おめでとう御座います。シンデュラの勇者を討ち果たすのはティタン様以外には有り得なかったでしょう」

祝勝会の始まった当初から散々に持て囃されたティタンに、今度は巫女達が祝福の言葉を贈る。

「……お前達も良くやった。お前達が一人として欠ける事無く生き残ったのは、正に自身の実力と武運の賜物だろう」

「全ては女神パシャスの導きなれば」

「詰まらん奴等だ」

堅苦しい返答にティタンは肩を竦めて見せた。

「ティタン様、こちらを」

肩に包帯を巻いた巫女がナイフを差し出してくる。彼女を守る為に投げたナイフだ。ナイフとしてはかなり大振りで、他では少し、御目に掛かれない代物である。

態々ティタンに返すために回収していたらしい。律儀な話だった。

「……そのナイフは嘗て岩の神へベンの申し子とまで言われたドワーフの鍛冶師が鍛造したもんだ」

「は。素晴らしい品です」

「そう思うなら、くれてやる。……お前への礼だ。勇敢に戦った見返りだと思えば良い」

広場で喚く戦士達の中から「ティタンは何処に行った」と声があがる。次いで「我が杯を受けてみよ」と酔っ払い丸出しの見得切り。

ティタンはフードを被って立ち上がる。アメデューに良く似た女が慌てて後ろに続こうとする。

「あ、ティタン様！」

「お前らが居ると他の者が畏縮する。俺にも健闘を讃え合うべき相手がいる」

「……はい……」

「それと、どうせ止めろと言っても聞かんだろうから妥協するが……今度からはぞろぞろと四、五人も連れ立って俺を付け回すのは止せ。一人か、せめて二人にしろ。……それくらいなら我慢する」

「……それは……本当で御座いますか？」

詰まり、我等をお認めいただけると？

啞然と立ち竦み、顔を見合わせる巫女達。一拍置いてティタンの発言の意味を嚙み砕くと、それぞれが握り拳を胸に押し当てて控えめな会心の歓声を上げた。

「やった……！　とうとう我等の労苦が報われたわ」

「使命を果たし、勇者に認められた。最良」

「為せば成る物だ。少し、時間は掛かったけれど」

そんな中でティタンにナイフを与えられた巫女はジッとその刀身を見詰める。篝火の光を跳ね返して鈍く輝く刀身に、えも言われぬ歴史を感じていた。

「…………」

「…………」

「…………」

「…………」

「…………アバカーン、ずるい」

「……なに？」

「貴女が勇敢に戦ったのは私達も認めるところだけれど……でも、それって私達だって同じ事では？」

「こ、これは私がティタン様から賜った物だ」

「私達はティタン様からの贈り物を共有すべきだと思う。ファロの意見は？」

「タボルに賛成」

「一人だけ特にティタン様から労われて、アバカーンは少し恵まれ過ぎている……と感じなくも無い」

「スワト、お前まで」

巫女達は普段の物静かな佇まいをかなぐり捨て、歳若い娘相応の態度できゃぁきゃぁとやり始める。戦いの興奮と勝利の喜び、そして望んでいた物を完全ではないにしろ手に入れた達成感。

ティタンの歩み寄りの証のナイフを巡って、彼女達のじゃれあいは暫く続きそうだ。

「……付いて来るな、と言った心算だったが」

ティタンは兵士達が乱痴気騒ぎを続ける広場に向かう途中で足を止める。

振り返れば涙の聖印を握り締めた巫女が一人。アメデューに似た女だ。

何かまだ言いたい事があるのか、とティタンは彼女に向き直った。遠方のぼんやりとした松明の明かりでは、そのフードの中まで見通すことが出来ない。

だが、彼女は少しだけ、本当に少しだけ震えているようだった。

「ティタン様、私は……」

「何だ」

「……申し訳ありません、私は……アメデューです」

ティタンの目が細くなる。鋭い視線を受けてまた、アメデューに似た女は身を震わせた。

彼女の手は血の気が引いて白くなるほどに聖印を固く握り締めている。

ティタンは、咎めなかった。彼女が彼女なりの強い覚悟を持ってこの場に臨んだ事に気付いたからだ。

「ティタン様にとって如何な意味を持つ名であるか、当然承知しております。しかし私は物心付く前からこの名で呼ばれ、そしてこの名は誇りです。……偉大な騎士に肖《あやか》り、素晴らしい名を授かったと思っております」

「だったらどうだと言うんだ。俺にパシャスの馬鹿げたお人形遊びに…………いや、良い」

ティタンは荒らげ掛けた声を抑えた。

彼女を黙らせるのは容易い。黙れ、失せろと伝えれば彼女は引き下がるに違いない。

だがそれは酷く卑怯な行いだと感じた。

剣には剣で、言葉には言葉で応える物だ。彼女が正々堂々真正面からぶつかってくるのなら、それに応えるべきだろう。

　ティタンは続きを促す。

「教えてくれ。お前が何を考えているのか」

「私は……私を御傍に置いて下さい。此度のような激しき戦いに、私をお連れ下さい。どうぞ私をアメデューと……」

　そう、御呼び下さい。

　ティタンはフードを取り払い、彼女の傍に歩み寄る。彼女は許しを請うように跪いた。

「パシャスはお前にアメデューと名付け、アイツの代わりにしようとした。……だが誰も代わりになどなれん」

「貴方が思い描く通りに戦って見せます！　誰よりも勇敢に、誇り高く！」

「それがお前の名誉と栄光か？　分からんな。態々俺に媚び諂《へつら》わずとも、お前程の戦士ならば充分にそれを手にする事が出来るのに」

　違います、と彼女は呻いた。

　彼女が求める物はそれだけではない。勇者と共に戦い、女神から与えられる名誉と栄光。確かにそれは素晴らしい物だ。

　だがそれだけでは足りなかった。彼女が求める物はまだあったのだ。

　あっさりと心情を吐露してしまいそうになる口を必死に引き結ぶ。こればかりは恐れ多くて言葉に出来ない。

　貴方と共に剣を磨ぎ、貴方と共に書に親しみ、貴方と共にまだ見ぬ物を見る。

貴方の心底からの信頼を得て、微笑みかけられ、そして。

そして。

彼女は己の余りにも厚顔無恥な妄想に顔を真っ赤にした。でも、幼い頃からの夢だった。

「……下らん事に執着するのは止めたらどうだ。死んだ人間に成り代わろうなど」

「私は騎士アメデューにはなれない」

「当然だ」

「でも、この名は私の誇りです」

ティタンは押し黙る。彼女の言う事は、彼女の背後にいるパシャスの思惑を除けば至極真っ当だった。

自分の名に誇りを持って生きるのに、誰の許しを請わねばならないと言うのか？

違うな、と思った。この女はアメデューに成り代わろうとしている訳ではない。

名前がどうのこうのと理屈を捏ねるから、俺も、この女も、話がややこしくなってしまうのだ。

パシャスさえ余計な事をしなけりゃ、これ程の人物だ、名誉と栄光を分かち合うのに不足は無かったのに。

「……今は……お前をアメデューと呼ぶ気にはなれない」

ティタンは矢張り拒絶した。アメデューに似た女は肩を震わせる。

ティタンは続ける。少し前ならば絶対に言わなかったであろう、彼女を気遣うような言葉だ。

「だが、お前を名誉ある戦士として認めては居る。……以前は来世に賭けろと言ったな。あれは無礼な言葉だった。撤回する」

頭を掻くティタン。跪いたまま動かない彼女。

少しの間の沈黙。彼女は漸くぽつりと返した。

重い荷物を漸く降ろせたような、そんな安堵を感じていた。

「……勿体無い御言葉です」

◇　◇

今宵はティタンも酒に溺れた。行く先々で乾杯の声が上がり、ワーウルフとの戦いに出た全ての戦士はティタンの類稀なる実力と勇戦を讃えた。

誰かに出会う度に一杯。別れる度に一杯。ティタンとしてもこういった事には慣れっこで、次々と押し寄せる乾杯の嵐を軽々こなしていく。杯に五分の一程しか注がなければ、大分理性を保てる物だ。

そして何時しかティタンは喧騒を離れ、アッズワースの霊地へと訪れた。

戦友達の眠る地。苔生した慰霊碑だ。周辺の、恐らくはミガルが設置した物と思われる五つの松明に火を灯して回り、フードを脱いで慰霊碑の前に跪く。

戦勝の報告であった。ティタンは既に足取りも危うく、意識も朦朧としていたが、英霊達の前で厳かに祈れば不思議と頭が冷えて行った。

「同胞よ、兄弟よ」

三百年の時を越え、何だかんだと言いながら、今またアッズワースで戦いに身を投じている。

当初は捨鉢のような気持ちだった。戦って、適当にくたばれたらそれで良かった。

だが……

「不思議と、今は寂しくないぜ」

よき敵と、よき味方を得る事が出来た。

良い女にも出会えたし、かつて胸の内に持っていた誇りを思い出せた気がする。

物を知らぬ餓鬼のように、ひねた事を言って世を嘆いてみせるのではなく。

力の限り戦い抜き、生き抜いてみようと思う。

「ロゥ・カロッサ（宣誓に懸けて）。……俺は傭兵だ。敵を殺して金を貰う。言葉にすればどうにも聞こえが悪いのは認める。……だが同胞よ、兄弟よ、……アメデューよ。お前達が護り抜いた物を、俺も今また護ろう。

俺はティタン。クラウグスの戦士。誇りの為に、誓いの為に、……死した者達の為に」

目を閉じ、ティタンは祈りを奉げた。冷たい風が草木を掻き分けて吹き抜ける。

ふと、その中に奇妙な暖かさを感じた。ティタンは何かの気配を感じて顔を上げる。

『お前が誓いを取り戻すことを我は確信していた』

甘ったるい声が響く。姿は見えないがこの声には聞き覚えがある。

自分を不愉快にさせる声。怒りは収まりはしたが、悪感情まで拭い去れた訳ではない。ティタンの声は自然と剣呑な物になる。

「パシャスか。見て解らないようなら言ってやるが、取り込み中だ」

『そう邪険にするな、ティタン。……先の戦い、実に見事であった。お前の雄叫びはマナウの霊界を極限まで震わせ、我がたゆたう世界まで届いたぞ』

「そりゃ迷惑かけたな。もう邪魔する気は無いから、存分に眠りこけててくれ。そのマナウのなんたらとかにも宜しくな」

『マナウの霊界はこの世界とずれた存在。重なり合いながらも触れうる事の無い異界だ。人間の持つ魂のみがその世界に影響を及ぼす。……おっと、そのような事を話しに来たわけでは無かったな』

パシャスはティタンの嫌味など何処吹く風だ。人間に言われたぐらいですごすご引き下がるような気性ならば、神々の中で最も我儘、等と評されてはいないだろう。

『よくぞシンデュラの勇者を討ち取った。シンデュラもさぞや悔しがっておろう。お前は神々の戦いに於いて中々重要な働きをしたのだ。我、パシャスの名声を大いに高め、敵対する神々を牽制した』

「アンタ等の事情は俺には関係ない。俺は俺の戦いをした」

『そうかな？　この戦い、我がお前の運命を操った。お前が戦うように仕向けたと言ったら？』

ティタンは立ち上がって剣に手を掛けた。何故か酷く侮辱された気がした。

神々の掌で弄ばれているに過ぎないと感じさせられたのである。

『嘘だ。お前は何ら命じられる事の無いまま我を満足させた。我も驚いたよ。何も伝えて居らぬのに、お前は我の望みを叶えてくれたのだ。……運命を操ることなどのような神にも出来ぬ。運命、真理、そんな物はまやかしに過ぎん。だが、今回の事には不思議さを覚える』

「……慈愛の女神に言わせれば戦士を導く運命の詩もまやかしか。気にいらねぇな」

『ティタン、そういうお前を運命などと言うものが導いてくれたか？　お前の戦った後に続くのが運命だ。お前を導くのは、常にお前の闘志だ』

「言葉遊びにしか聞こえん」

『ま、良い。ティタン、お前はよく戦った。お前に褒美を授けたい』

「余計な気遣いどうも。そっとしておいてくれるのが、何よりの褒美だが？」

ティタンはパシャスの声を振り払うようにして再び慰霊碑の前に跪く。

パシャスは笑っている。ティタンの頑なさは、慈愛の女神には可愛らしい物に見えているらしい。

『では我はお前に……勝手に加護を授けよう。我は最も我儘な女神だからな』

「開き直るなよ……」

くすくすと甘ったるい笑い声が続く。そしてその真剣みの欠片も無い声音のまま、パシャスは言った。

『ティタン、アッズワースに戦いが迫っている』

「……今更だ。クラウグスは古より常に戦い続けてきた」

『そうとも。だがその数え切れぬ戦いの歴史の中でも、恐らくは節目となるであろう大きな戦いだ。

シンデュラの勇者との戦いはその前哨戦に過ぎぬ。これより先に待ち受ける戦いは、言うなれば三百年前の黒竜戦役に劣らぬ物となろう』

「何？」

『どのような形になるかは解らぬ。だが、我等クラウグスを守護する神々にとってはそれ程大きな意味を持つ』

黒竜戦役と聞いて流石のティタンも冷静ではいられなくなった。あの恐るべき戦いを喚起させられて、落ち着いていられる物か。

「どういうことだ。何が起こる？」

『今すぐどうのこうのと言う訳ではない。だがクラウグスを狙う悪神達やその眷属たる地獄の悪鬼どもは、着実に力を蓄えている。……これも言ってしまえば大きな輪。古より繰り返される戦いの周期。終わり無き季節だ』

「ハッキリ言ってくれ。どうなるんだ」

『解らぬ、と言ったろう？　或いはこのクラウグスの大地に神話の戦いを再現させるやも知れぬし、或いは歴史の陰に埋もれるように、誰の記憶にも残らぬまま決着がつくやも知れぬ。……解っているのは我等が負けるわけには行かぬという事だけだ』

ティタンは溜息を吐いた。パシャスの言葉は要領を得ない。戦いが起こる、と言う事だけだ。

「……だから、俺を蘇らせた。水の祭壇で俺が理由を聞いた時、僅かに言葉を濁らせたな」

『お前が我を気に入らぬと言うなら、今はそれで構わぬ。人は感情の生き物で、我は激しき感情を愛す神。そして可愛い人間達の中でも特に愛しきお前だ。我儘くらい許そうではないか』

「勝手に言ってろ」

『故にティタン、お前は戦いが迫っていると言う事だけ知っていれば良い。お前は戦士だ。我が何も言わずとも、戦士の誇りに懸けて戦いに身を投じるのだから』

「だから……おい、おい、パシャス？」

現れたときと同じように、唐突に気配は消えた。ティタンは舌打ちして座り込む。慰霊碑を見上げたが、草臥《くたび》れた石の塊が何かを答えてくれる訳ではない。

「勝手な女神様だ」

しかしティタンは同時に、仕方ないかな、とも感じていた。

平和は流血の対価無しには得られない。どれ程のどかで、平和な光景があったとしても、その裏側ではそれを護る為に物言わぬ戦士達が血を流しているのだ。

だからティタンに取って戦いとは常に身近にある自然な物だった。農夫が畑を耕すように、羊飼いが羊を飼うように、戦いとは其処にあって当然の物なのだ。

今更戦いが起こるぞ、と脅かされても、それがどれ程大きな物だったとしても、そうだ、恐れる事は無い。

「……ふん、気に入らないが、女神パシャスは正しくもある。ウゥ・ヴァン、ロウ・ラン。……確かにその通りだ」

◇　　　◇

気付けば太陽が昇り始めていた。地平線の彼方から昇る白金色の太陽に照らされて、森や丘は輝き、アッズワースの厳かな大地が僅かに色付く。

ティタンは慰霊碑の前に座り込み、筒から少しずつ、少しずつ酒を呑む。舐めるようにちびちびと、だ。様々な事に思いを廻らせていた。

遠方に複数の人影が見えた。人影は霊地の入り口で立ち止まり、その内一人だけが中へと入り、一直線にティタンへと歩いてくる。

揺れるふわりとした栗毛。胸を張り、背筋を伸ばし、一歩一歩力強く進む凜々しい姿。

ディオだ。ただ一戦にして〝闘将〟の称号を得た彼女は、自信と誇りに満ちていた。

「ティタン、矢張り此処だったわね」

ティタンは腰を上げ、慰霊碑の前から退く。ディオは意図に気付いたのか、そのまま慰霊碑の前に跪く。

英霊達への祈り。ディオは厳かに聖句を唱え、再び立ち上がった。

「皆が貴方を探していたわよ。英雄探しであちこち騒がしいわ」

「何でまた？」

「さぁ？　呑み足りないのじゃぁないかしら」

「勘弁してくれ……」

朗らかにディオは笑った。

「慰霊碑の補修は進んでいるようね。……少しずつだけど」

「ミガルは丁寧にやってくれてる。そういう奴にしかやらせたくない」

「貴方のものじゃないのに」

「他に金を出す奴が居ないなら、俺の意見が最優先さ」

ティタンが慰霊碑の前に腰を下ろす。ディオは当然のように隣へと座る。

「我がストランドホッグ兵団は大きな損害を受けたわ。でも立て直せない程じゃない。貴方の御蔭ね」

「俺のせい、とも言える。シンデュラの勇者との戦いを望んだのは俺だ」

「出撃を決定したのは私よ。それに、いずれは戦うべき相手だったわ。我等は敵を選べないし、選ぶ訳にも行かない」

「……強敵を避けて通れば部下を長生きさせてやれるぞ」

「代わりに何処かで誰かが死ぬのね。或いはそれは、無辜の民草かも知れない。……それに今回に限って言えばこれで良かったのかも。私達が行かなければ討伐隊は全滅し、シンデュラの勇者はより力を蓄えた筈よ。

あの強力なワーウルフが、最終的にはどれ程の規模の群れを率いたか……想像すると背が震えるわね」

降参だ。ティタンは軽口に対する謝罪を述べる。

「アンタこそ誇り高き指揮官だ」

「聞き飽きた褒め言葉ね、ふふ」

会話が止まる。二人して、ジッと沈黙の空間を楽しむ。

程なくして、ディオが口火を切る。

「私に役職が与えられるそうよ。公表されては居ないけれど。……ま、新参の田舎者にしては早い出世かしら」

「よく言うぜ」

ティタンは笑って見せた。ディオの目が誰にも負けるものか、と語っている。並居る好敵手に競り勝つぞ、と。

言葉とは裏腹に、更に先を目指す者の目だ。そういった成長と野心がティタンには好ましく映る。

「ティタン、貴方が欲しい」

真正面からディオは来た。迂遠な言い回しも何も無い。真っ直ぐな目、真っ直ぐな言葉だ。

当然、傭兵としてではない。ディオの家来としてであろう。

「私はまだまだこんな所では満足しないわ。セリウの名誉、私の矜持に懸けて、更なる戦いを求めている。能力を磨き、力を蓄え、もっともっと上り詰める」

「あぁ、そうすると良い。アンタの様なのが上に行けば、クラウグスはもっと強くなるだろうさ」

「貴方とそれを分かち合いたいのよ。貴方は私にとって英雄よ。他の多くの者にとっても多分そうでしょうね。……ティタン、ここから先も力を貸して。私と共に歴史を刻んで欲しい」

「……殺し文句だな」

ティタンはディオに背を向け、慰霊碑へと向き直る。

「だが断る」

それはディオにとって予想外の言葉だった。ディオはティタンを深く信頼していたし、ティタンも自分を信頼してくれていると感じていた。

ティタンと言う戦力を使いこなせているという自信があったし、充分な報酬を用意している心算だった。胸の内を晒して語り合い、共に死線を潜り抜けた。

ディオはまるで裏切られたような気持ちになった。何故？　その疑問を我慢する理由は、ディオには無い。

「何故？　断る理由が何処にあるの？」

「昔の女が忘れられない。……アンタの所には長居し過ぎた。これまでにしたい」

ディオは頭に血を上らせた。ディオにとってその返答は酷く歯痒いものだった。

「それって卑怯ではないかしら？」

「そうかな」

「死んだ人間を引き合いに出されては、私は何も言えないわ」

「そうかもな」

「……私では、主君として不足だと？」

「そうは言わない」

再び沈黙する。ディオは冷たい風で頭を冷やしながら、ティタンの言葉を待っている。

「俺の感情の問題さ」

「…………そうね、器用には見えないから、貴方ってば」

「アンタだって相当だと思うがな」

「一緒にしないで欲しいわね。貴方に比べたら、余程……余程……」

ディオは唇を噛み締めた。眦に涙が浮かんだ。悔しくて切なくて、天を仰ぐ。そして何とか呻き声を抑えると、ツンと顎を突き出して何時もの表情に戻るのだ。

「ディオ、アンタの言うように」

「……何かしら」

「生き抜いてみようと思う。死ぬ為には戦わない。俺は、俺の矜持に従って生き抜く。……アンタの御蔭だ。自分でも下らないと思うが、この程度のことで随分悩んだよ。礼を言う」

「……そう、良かった。それに関しては本当に嬉しく思う」

ディオはティタンの背を抱き締めた。ティタンの腹に手を回すと、ティタンはそれを窘める様に抑える。

「でも、それはそれ、これはこれよ。貴方を後悔させてあげる。もっと力を蓄えて、『どうか臣下に加えて欲しい』といつか貴方のほうから言わせて見せるわ」

「くく、そうか。楽しみにしてるぜ」

「あぁ腹が立つわ！　覚えてなさい、ティタン！」

ディオはティタンの背から離れると、人差し指を突きつける。そしてサーコートを翻して背を向け、足音高く歩き始めた。涙を堪えるために上を向いて歩いていたら、途中でこけた。何を思ったか振り返り、ティタンをキッと睨みつける。こけたのはティタンが悪いとでも言いたげな表情だ。そしてやっぱり、ツンと顎を突き出して歩き始める。

ティタンは声に出して笑った。からからと、何時までも。笑って自身の感情を誤魔化していた。どうも彼女の傍は居心地が良過ぎた。どうしても彼女とアメデューを重ねてしまった。

ティタンは、恥じていた。

いずれ新たな戦いが訪れる。

また会おう、ディオ・ユージオ・セリウ。勇敢なる戦士にして高潔なる指揮官。

アンタの戦いに、名誉と栄光あれ。ティタンは祈りを奉げた。

アメデュー・ウル

黄金の鬣《たてがみ》に率いられ彼等は眼下を見下ろした。崖の下、貧相な枯れ草に覆われた赤い大地がどこまでも続き、そこには只管《ひたすら》乾いた風が吹く。

此処《ここ》は常に乾いている。古より多様な異民族や邪悪な精霊と戦い続けてきたこの場所は、人も、大地も、常に疲れ果てている。

そしてその乾いた大地と風、苦しい環境と戦いが、人々を強くした。

「見えるかティタン」

豪奢に逆立つ金の髪とたっぷり蓄えられた金の髭。その様子を獅子に例えられ、金の鬣と称されるのがロンブエルだ。

崖から大きな身体を乗り出させて言うロンブエルに、ティタンは短く応える。

「勝ったな」

然程高くない崖の下では茶色の肌の小汚い魔物達が数えるのも馬鹿馬鹿しい程の数で以て進軍している所だった。

子供程の背丈に禿げ上がった頭。黄ばんだ歯を見せびらかす様に下卑た笑みを浮かべ、先を争うように走り続ける。

ゴブリンだ。何処《どこ》にでも居るし、何処からでも現れる。何処でも増え、そして悪事を働き、大して長くも無い生を生きて、死ぬ。

死ぬ時は大抵殺されて死ぬ。小柄な彼等は見た目相応の力しか持たず、またその知性も小賢しいという域を出ない。しかしその旺盛な繁殖力に任せてあっと言う間に増える彼等は大勢で居ると気が大きくなるのか、酷く攻撃的だ。

戦って死ぬ。それはティタンにとっては名誉な事だった。ゴブリン如きには勿体無いと感じる程に。

「何故そう思う」

逆手に持ち変えた大斧を地面に突き立て、ロンブエルは髭を扱いた。彼の視線はゴブリン達が挙って走る先を見ていた。

ゴブリン達の進軍を待ち構えるようにして防御柵を設け、陣を敷く兵士達の姿。使い込まれた鎧が鈍く輝き、戦いを前に猛る肉体を宥めている。

数は十。屈強な体付きであったが、ゴブリンの軍団は百を優に超えている。どのような策を施そうとも、彼等に勝ち目があるとは思えなかった。

ティタンも普通ならばそう判断した。今回に限っては普通ではないので、彼は自信満々に答えた。

「あの女は持ち堪える」

兵士達の中央で盾を構えた女騎士。左右の兵達を鼓舞し、一歩も引き下がらせない。

彼等の士気は高い。元よりこの国の兵は勇猛果敢で通り、如何《いか》な強敵を前にしても些《いささ》かも怯まない。

今あの場で、勇敢な指揮官と勇敢な兵達の心が一つになっている。それをティタンは感じた。

そうであれば、彼等がそう易々《やすやす》と崩れる筈は無い。

「人間の出来が見えるようになればお前も一人前だな」

ロンブエルは嬉しそうに笑った。頭一つ分高い背丈で見下ろしながら、彼は自信満々に答えた息子、ティタンの頭を乱暴に撫でた。

そして背後を振り返る。其処《そこ》には赤い鎧の戦士達が居た。武装は不揃い。埃塗れの泥塗れで、目付きは一様に鋭い。

一言も発さぬように真一文字に閉じられた口。しかし、彼等の態度は雄弁だ。

「赤銅の牡鹿戦士団」

ロンブエルはギラリと目を光らせる。

「いきり立つような大きな戦いでもない。殺すときは声も無く殺せ。

……牡鹿が嘶くのは、勝利を掴んだ時だけで良い」

ティタンが鋭く息を吐いて足を一歩前に出した。崖からだ。

僅《わず》かに傾斜が掛かった崖を滑り降りると息つく間も無くゴブリン達に襲い掛かる。

かはぁ、と更に息を吐けば、ティタンの後を追って戦士達が崖から転がり落ちてくる所であった。

厳しい環境と、様々な外敵。多くの困難に耐え抜き、発展してきた国家、クラウグス。

その西方、ダニカスと呼ばれる大地には、只管乾いた風が吹く。

多くの外敵と戦い続けてきたこの場所は、人も土も疲れ果てている。

敵が流す赤い血はダニカスの慰め。

そしてその敵の骸こそ、ダニカスの肥やしであった。

◇　◇

クラウグス西部ダニカス地方は独立独歩の気風が強い。太古、クラウグス王家より臣籍に降りた偉大な男がこの地方を治め、邪悪な精霊と不潔な魔物が這いずるばかりであった荒野を人が住める物にした。

クラウグスと言う国家は様々な外敵に悩まされながら歴史を積み重ねてきた。それ故にクラウグス人は強くあらねばならず、どのような家庭にも必ず武器が一振り置いてあり、どのような子供も最低限それの使い方を学びながら育つ。

しかしダニカスを統治した男は民草に更に強くある事を求めた。皆が皆、戦士たる気概を持てと武備を奨励し、ダニカスに住む人々は貧しいが屈強となった。

そしてそれは軍に頼らない大小様々な戦士団の団結に繋がり、それがそのまま独立独歩の気風に繋がった。

ダニカスの民は、強い。


「Wooooooo!」

『Woo! Woo! Woo!』

「称えろ！ 〝牡鹿は断《いな》いた！〟」

『〝牡鹿は断いた！〟』

金の鬣ロンブエルが音頭を取り、多くの者がそれに続いた。

返り血を浴びて猛り狂うは赤銅の牡鹿戦士団だ。大陸中にその名を轟かせる最高峰の戦闘集団である。

大力勇猛、且つ技に優れ、どのような悪路も俊敏に馳せる。苦境にあっても長く堪え、一瞬の好機を見出すや命を投げ打って敵に襲い掛かる。

そのような戦士ばかりが三十と少し。彼等は揃いの、レッドアイと呼ばれる魔獣の皮で作られた赤い鎧で身を固め、戦いの果てにある名誉と栄光を追い求め続ける。

レッドアイは赤い目と毛並みを持つ鹿の姿をした強力な魔獣。それは赤銅の牡鹿戦士団の名前の由来でもあり、その赤は畏怖と尊敬の対象だった。

「戦士ロンブエル！ 見事だった」

一人、身形《みなり》の良い兵士がロンブエルに呼び掛け、拳を突き出した。ロンブエルはその兵士に大股で歩み寄ると、自らも拳を差し出して打ち付けあう。

「お前達も良く耐えた。勝利の立役者はお前達だ」

「王陛下と祖国クラウグスに懸けて、あの意地汚い魔物どもに遅れを取る事は出来んからな」

「勇者に敬意を。……お前達の指揮官ともこの勝利を分かち合いたいと思うが？」

うむ、と兵士は頷いたが、少し困ったような顔をした。

「指揮官殿は今居られない。間も無く戻られるとは思うが」

「話したい事もある。ゴブリン達の動きは看過出来る物ではない。行くか退くかの決断になる。早めに会いたい物だ」

ロンブエルと兵士は互いに話を切り上げ、帰還の準備の為にそれぞれの隊を纏める。

ロンブエルは意気顕揚の戦士達の顔をそれぞれじっくりと眺め、満足げに頷いた。

そしてふと気付く。

「……ティタンは何処に行った？」

◇　◇

「お前か」

木々の間から飛んできた声にティタンは思わず足を止めた。

湖の辺に座り、水面に足を投げ入れた女が此方《こちら》を振り返っている。

木漏れ日が彼女の蜂蜜色の髪を輝かせていた。大袈裟なほどに長い髪を手櫛で梳きながら、彼女はぶるりと震えた。

彼女は裸だった。右肩に凝固した流血の痕がある。

「……覗く心算《つもり》じゃなかった」

「お前なら良い。見せて恥ずかしい物は持っていない」

不敵に笑い、彼女は立ち上がった。腿の深さの場所まで進むと一潜り。髪を洗い始める。

成程、言うだけの事はある。ティタンはまじまじと彼女の裸身を見詰める。

鍛え込まれており、腹などは特に良い。研ぎ澄まされた刃のような肉体だ。戦う者に相応しく多くの傷があるが、それでも美しい。

「よく私を信じてくれた。赤銅の牡鹿戦士団のシェフ、ロンブエルを説き伏せてくれたのはお前だそうだな？」

「俺の親父は臆病者じゃない。赤銅の牡鹿に相応しい戦いならば何処にだって行くさ」

女は先程、百を越すゴブリン達にたった十名の兵を率いて立ち向かった指揮官だった。

彼女の作戦は単純明快だった。己の率いる一隊でゴブリンの勢いを殺し、その横腹を赤銅の牡鹿戦士団……金の鬣ロンブエルが率い、ティタンも所属する戦士団だ。それが突く。

ロンブエルは多くの戦士達から尊敬を受ける戦士の中の戦士であり、そして優秀な指揮官でもある。当然難色を示した。

もし兵士達があっと言う間に敗走したら赤銅の牡鹿は敵の只中に取り残される。そうとあってもゴブリン如き蹴散らして見せるが、被害が出るのは否めない。

……が、結果そうはならなかった。兵達は耐え、牡鹿の戦士達は敵を引き裂き、彼等は勝利した。

「肩、どうした？」

ティタンは赤黒く染まった彼女の肩に注目する。傷口は細長く、とてもゴブリンの牙による物には見えない。

浅いとも深いとも言えない傷だ。

「不覚を取った。生意気にもゴブリンどもが一斉に組み付いてきた物だから」

彼女は事も無げに答える。

「部下に私ごと切らせた」

ティタンは閉口する。枯れ木と枯れ草を少量集め、火打石を取り出す。

「大量に魔物の血が混じったのなら傷口を焼くべきだ」

「そうだな」

「火を起こす。血を落としてこっちへ来い」

手早く火を起こした後、短剣を湖で洗い、入念に火で炙る。

準備を終える頃には彼女は湖の辺に座りティタンを待っていた。熱を放つ短剣を片手にティタンはその背後へと近付く。

間近で見れば尚の事見事な髪だった。輝く蜂蜜色の髪は恐らくは膝裏に届くほどに長い。

金の鬣ロンブエルもそれは見事な金髪だが、これほどではない。ティタンは思わず彼女の髪に魅入られる。

「私の髪が気になるか？」

ティタンは顔が熱くなるのを感じた。からかうように言う彼女は蜂蜜色の輝きに魅入られて放心していた事まで見透かしてしまったようで、ティタンは慌てて取り繕った。

「あぁ……戦いに出るなら」

「何だ？」

「髪を短くした方が良いぞ」

「私の世話役が、私の髪を大層好きで」

彼女はくすくす笑っている。

「これを切るなら、自分は自決するなどと言う物だから」

「……アンタ、名は？」

「アメデュー・ウル。アメデューとは、神々の楽園に流れると言う蜜の川の名だ」

良い名前だ。ティタンは素気なく返しながらアメデューの傷口にナイフを当てる。研ぎ澄まされた刃のような美しい肉体が少しだけ震えた。

◇　◇

荒野の野営地では多くの兵士達が戦いの準備をしている。

先のゴブリン達の襲撃に対応するため出撃してきた一軍だが、彼等が到着した時にはゴブリン達は撃退された後だった。しかし周辺には未だ無数の魔物達が闊歩《かっぽ》しており、それらを無視して帰還する事は出来ない。

「指揮官アメデューの決断は正しかった」

ティタンは野営地の中、赤銅の牡鹿戦士団の天幕の近くで剣を研ぐ。隣には、牡鹿団の中でかなりの若手とされるティタンよりも尚若い、少年と呼んでも差し支えの無い戦士が居た。

バルマンセだ。ティタンと共にロンブエルの子として牡鹿団で鍛えられている。違いは、ティタンが養子である事に対し、バルマンセは実子と言う事だ。二人は互いが互いを好敵手と捉え、切磋琢磨の日々を送っている。

「そうだな、それは分かるよ」

バルマンセは父譲りの金髪を戦いの邪魔にならないように結びながら同意したが、声音は不満そうだった。この歳に見合わない優秀な斥候は、王国騎士と言う物に余り良い感情を抱いていない。

そしてアメデュー・ウルは王国騎士だ。ティタンが妙に彼女の事を気にするのも相まって、好意的でない印象を持ったようだ。

「カジットの村は何も失わなかった。完璧に守られたんだ。俺達の依頼も終わった。皆、牡鹿団の名声に慄《おのの》く事だろう」

「俺は少し残念だ。ティタンは違うのか？」

「何が」

「この戦いの名誉は全部牡鹿団が手にする筈だった。あのアメデューとか言う騎士は……まぁ確かに大した奴だなと思うけど、俺達だけでも充分にやれたさ」

「被害を出さずにどうやる」

「カジットの村を柵で囲んで奴等を跳ね返すだけさ。父さんをはじめ、牡鹿の戦士達ならゴブリンなんかに負けはしない」

「それじゃ村の損害を抑えられないだろ。俺達の武功にケチをつける奴が出てくる」

「アメデューの肩を持ちたいんだろ」

ティタンは剣を研ぎ終えると、バルマンセに向かって肩を竦めた。

バルマンセは口が達者だ。時にその達者な口を、感情に任せて正しくない事にまで使う時がある。今などがそうだ。騎士アメデューが何となく気に入らないと言うだけで引き合いに出す。このまま話し続けると行き着く先は殴りあいの喧嘩だ。

別にそれでもティタンは構わなかった。これまで多くの問題をこの義弟と共有し、拳によって分かり合った。

が、この野営地には正規兵達の目もある事を考えれば無駄に恥を晒したくない。

「……ここまでにしとくか。次の戦いも近いだろう」

「……確かに。魔物はまだまだ居るんだ。すぐさま帰るって事もないだろ」

「ところが、そうでもないようだな」

背後から野太い声が掛かる。浅黒い肌の男が、天幕の骨組みとなる木材を抱えながら現れた。

拉《ひしゃ》げた右耳が特徴的な戦士だ。剃り上げた頭に戦神の遣いとされる鳥の刺青を施し、青い瞳は怜悧で鋭い。

アルコンと呼ばれている。アルコンとはダニカスより更に西に生息する大きな顎を持った魔物で、一度獲物に喰らいつけば、その獲物を殺すか、自らが死ぬまで決して離さない。

本名は誰も知らない。ロンブエルとは義兄弟の間柄で、牡鹿団の副団長だ。誰もが敬意を払う偉大な戦士の一人である。

「シェフは撤収を命じた。魔物達は軍に任せ、俺達は本拠に戻る」

木材を降ろし、太い首を撫でるアルコン。ティタンは鼻を鳴らした。

「俺達が居なくても大丈夫だと？」

「ダニカスの兵を侮るな。お前が思うより手強いのが揃ってる」

「カジットを守りきれるのか」

「奴等は奴等で戦うさ」

「何かの間違いだ。それじゃぁまるで逃げているみたいだ」

「何？」

首を傾げるアルコン。妙に反抗的なティタンの態度を訝《いぶか》しがる。

「兵士の連中は十倍のゴブリンに立ち向かった。なのに、俺達は尻尾巻いて逃げるのかよ」

「逃げるんじゃない。近頃は魔物達が活発だ。戦いはあちこちで起きてる。牡鹿団がより必要とされている場所に向かうだけだ」

ニヤニヤ笑いながらバルマンセが口を挟んだ。

「ティタンはあの王国騎士が気になって仕方ないんだ」

「……アメデューとか言う？」

「そうそう。まるで童貞みたいにアメデュー、アメデューって」

ティタンは振り返りざまにバルマンセを殴った。おどけた調子で肩を竦めていたバルマンセは即座に反応し、身構えるが、ティタンはそれで止められるような甘い男ではない。

若くとも牡鹿の戦士だ。倒すと決めた時は必殺の意志で以て襲い掛かる。同じ牡鹿の戦士とは言え、油断しきっていたバルマンセに防ぐ術は無かった。

頬を痛烈に打ち抜かれ、バルマンセは近くに詰まれていた木箱の山に突っ込む。

「戦士を侮辱したんだ。覚悟の上だろうな？」

バルマンセは木箱の山に埋もれたまま動かない。失神していた。

アルコンが静かな声で言う。

「何故殺気立っている。……そんなに良い女だったか」

「アルコン！　……アルコンまで俺を馬鹿にするのか？」

「来い、ティタン」

アルコンは木材の中から適当な棒を一つ摑むと天幕の裏を顎でしゃくってみせた。

丁度良く空間が空いている。戦士が二人、じゃれあうのに適当な空間が。

「久し振りに稽古をつけてやる」

ティタンは言い知れぬ凄みに唾を飲み込んだ。

牡鹿の偉大な戦士アルコン。過去、南方の精強なる蛮族達と苛烈に戦い、ただ一度の会戦に置いて十八もの首級を上げたと言われる傑出した剣士だ。

ティタンは、戦いの技はロンブエルに学んだ。そして剣の技はアルコンに学んだのである。

◇　◇

流れ者の戦士達を纏めながら、ロンブエルは遠方を見遣った。遠く荒野のむこうに何かの群れが蠢いている。

それを正確に目視する事が出来ずロンブエルは眉間を揉み解す。ゴブリンなのは間違いないが、よく見えない。

目が、悪くなった。ロンブエルも四十の半ばを過ぎた。彼の肉体は未だ屈強なままであるが、若い頃から酷使してきた反動はあちこちに現れている。

「牡鹿の長よ、あの群れが気になるのか？」

流れ者の戦士の一人が凛々しい顔つきでロンブエルと同じ方向に目を凝らす。

彼を筆頭とする戦士達は義勇兵とも言える。普段各地を放浪し、傭兵働きをして武名を高めんとする者達だ。

ダニカスの魔物達の鳴動に引き寄せられるようにして、彼等のような戦士達が集りつつある。彼等は己の名誉以外に守る物を持たず、大体の場合勇敢に戦い抜いて死ぬ。場合によっては屍を拾う者すらない。

「早くも縄張り争いが始まっているようだ。ゴブリンども、ここを自分達の土地と勘違いしているらしい」

「我等クラウグス人の土地で舐めた真似を……。牡鹿の長、行けと言うなら今直ぐにでも奴等に突撃する。魔物達の思い上がりは、正されねばならない」

ロンブエルは血気に逸る戦士を制止した。

「ダニカス領の兵が対応するそうだ」

「ふむ……そうか。ダニカスは民が強く、軍も精兵揃いと聞く。そちらで戦うのも面白そうだな」

「悪い選択ではないだろうな。今は一人でも多くの戦士が必要とされている。お前達のような勇敢な者ならば尚の事歓迎されるだろう。俺からも強く勧める」

「ほぉ」

ロンブエルと戦士は暫くの間話し合い、結果多くの者が駐留軍を訪ねる事になった。

「さらばだ、牡鹿の長。異界の猛き戦神ラウに」

「あぁ、戦神ラウに」

ロンブエルはその後も暫く荒野の先を眺め続ける。日がゆっくりと地平線に沈んで行く。

夕暮れだ。物悲しい影が差し、ロンブエルに背後から声が掛かる。

「兄弟、背中が寂しそうだぞ」

「そうだな兄弟。俺も歳を取った」

ロンブエルに声を掛けたのは浅黒い肌の戦士、アルコンだった。肌蹴た肩と米神《こめかみ》に一つずつ、真新しい傷がある。

流れる血を襤褸布で拭いながらアルコンはロンブエルの隣に立った。

「何故撤収の判断を？」

「東へ戻る。魔物達に対抗するための正規軍を編制中の筈だ。彼等と足並みを揃える」

「カジットは苦戦を強いられるぞ」

「多くの戦士団や流浪の者達に団結を促している。持ち堪えるだろう」

「……俺達が引き下がる理由にはならないな。何を心配している？」

ロンブエルは右手を握ったり、開いたりした。傷だらけの腕は年々と思うように動かなくなってきていた。

過去、オーガとの戦いで受けた傷のせいだろう。戦士としては致命的だ。

「兄弟、俺は五年以内にシェフの座を退く」

「だったら？　今更老後の生活とやらを楽しみたくなった訳じゃあるまい。お前も俺も、死ぬ時は戦場だ」

「そうだ。だが俺が死ぬ前に後を継ぐ者に死なれるのは困る」

「決めたのか」

ロンブエルは鼻で笑った。決めたのか、と言われても選択肢は一つしかない。

「アルコン、兄弟よ、お前しかあるまい」

アルコンはロンブエルに、此方も鼻で笑って返す。

「俺が言ってるのはその後だ。俺だって四十だ。後十年も二十年も生きる心算は無いぞ。バルマンセか、ティタンか、どちらだ」

「……ティタンを、考えている。だが実際の判断はその時お前にして欲しい。そしてその時が来るまでは、あいつ等に死なれたくない」

アルコンはロンブエルの背を張り飛ばした。

「考えは分かったが、侮辱だぞ。俺やあいつ等への」

「済まん。……嘗ては、歳を取って腰が重たくなった老人たちを侮蔑していた。だが実際俺が奴等の親となり、歳を取ってみると」

「最期まで完璧な戦士までは居られないか。……残念だ、兄弟」

「牡鹿の長と言う立場は考えることが多過ぎる。良い物も悪い物も見過ぎた」

「ではこれも見るが良い」

アルコンは米神と肩の傷をロンブエルに示す。

「お前の息子は強く育った」

「バルマンセでは無理だな。ティタンか」

「稽古をつけてやった。……手加減はしたが……戦いだったとしたら俺は四度死んでいる。本当に強くなった」

「首切りアルコンにそこまで言わせるとは、凄まじい」

「バルマンセだって得難い人材だ。奴は普段ふざけた態度だが、思考の冴えは恐ろしい程だ。剣の切先のような鋭さを持っている。……俺達にそれを向けないだけでな」

念を押すように、最後に聞く。

「あいつ等は強くなった。もうガキじゃない。それでも、戻るんだな？」

「戻る」

「……ならば兄弟。ティタンは牡鹿団を離れるかも知れんぞ」

「何？」

アルコンの言葉に、流石のロンブエルも顔色を変えた。

◇　◇

右目の上に瘤《こぶ》を作ったティタンは荒野を馬で駆けていた。橙色の光が一面を染め、ティタンは眩しさに眉を顰める。

陽が落ちきる前に目的の物を見つけなければならない。夜は魔物達の時間だ。

「居たか……！」

ティタンの呻き。荒野にぽつんとある大岩の傍で、仁王立ちの体勢でゴブリンと相対する者が居る
膝裏まで届く長い髪が遠目にも分かる。彼女は背後に横たわる者を庇っていた。

「アメデュー！」

ゴブリンが襲い掛かる。迎え撃つアメデュー。

雄叫びと共に繰り出された剣が腹を薙ぎ、腸を撒き散らした。

その隙を付いて肩にむしゃぶりつく別の一匹。彼女は頭突きを食らわせる。剣と拳打と蹴り。五体全てを使って彼女はゴブリンを跳ね返す。

ティタンは転がり落ちるようにして下馬し、アメデューの援護の為に切り込んだ。

肩を前に出しての体当たり。怯んだ一匹を即座に突き殺し、掛かる一匹を切り倒す。泥に塗れた小汚い魔物達を散々に追い散らした。

敵を退けた後、アメデューは心底不思議そうな顔をした。

「どうして此処に？」

「アンタの上役から、アンタが単身で部下を探しに出たと聞いた。もう少し考えて行動したらどうだ？」

「だからと言ってどうしてお前が来る」

「あぁクソ！」

ティタンは悪態を吐きながら顔を背けた。

「だがまぁ、感謝する」

「……早く戻ろう、夜は拙い。アンタの部下は歩けるのか？」

「無理だ。彼が歩く事はもう二度とない」

言いながら彼女は横たわった者を起こし、腹を下にさせ両肩に負うようにして担いだ。

身体のあちこちが血で赤く染まっている。危険な量の出血だ。

いや、とティタンは眉を顰《しか》める。

この男、息が無い。

「アンタ、死体を担いでここまで？」

「谷を越えて来た。流石に厳しかった」

唖然と言う他無い。魔物達が大量に跋扈《ばっこ》するこの状況で、生存者ならば兎も角、遺体を持ち帰るためにこんな危険を冒すとは。

困難だった筈だ。大柄な戦士の遺体を一人で担ぎ、魔物達を退けながらここまで？

コイツは、何のために。

「私の部下だった。妻子の元へ返してやりたい」

震えが走る台詞だった。噛み締めた唇から血が流れている。ティタンの目は釘付けにされた。

若かった。彼女の若さが、指揮官として不適切な行動に走らせた。

だがその若さが、ティタンには堪らなかった。

「馬に乗せろ。三人分の重さでも頑張ってくれるさ」

「有り難い」

ティタンは離れた場所でぶるると鼻を鳴らしていた馬を牽き、アメデューの前まで連れてきた。

遺体を載せる。年頃は三十と言った所か。妻は若く、子は幼いのだろう。アメデューの気持ちも分かる気がする。

遺体に向けてティタンは「幸運な奴だ」と憎まれ口を叩いた。これ程部下に情けを掛けてくれる指揮官は、稀だ。

「……アメデュー」

「どうした、ティタン。そういえばお前、その瘤は……」

馬に跨る前に、ティタンは真剣な表情でアメデューの名を呼んだ。

ずい、と顔を寄せて彼女の言葉を止める。吐息を感じる距離で瞳を覗き込めば、彼女もこちらの瞳を覗き込んできた。

「今から無礼な事を言う。不愉快に思ったら、俺を殴ってくれて良い」

「説教なら間に合ってるぞ？」

冗談っぽく言うアメデュー。少し、視線を動かす。

くっきりとした眉と目元。気の強さを表すように引き結ばれた唇。

美しい。ティタンは率直に伝えた。

「綺麗だ。アンタに惚れた。……アンタを抱きたい」

アメデューは軽く仰け反った。眉を持ち上げて驚きの表情。そんな顔も愛らしい。

拙《まず》いな、とティタンは思った。どんどん自分がこの勇ましい女に嵌っていくのを感じた。

「……もう少し、何だ、気の利いた事を言えないのか」

「四日前、隊を編制するアンタを見た時から気になってた。でももう駄目だ」

「もう駄目か」

「受け入れてくれるなら、夜、アンタを訪ねる」

「とんでもない奴だな。少しは考えたらどうだ？　私に部下を偲《しの》ぶ時間すら与えない心算か」

「忘れさせる」

ティタンはアメデューの腰を抱いて引き寄せる。汗と埃に塗れた身体を寄せ合い、再度伝えた。

「アンタに惚れた。受け入れてくれ」

アメデューはゆっくり、本当にゆっくりと頷いた。


二人は野営地に遺体を持ち帰った。

全ての者はその行いを称えた。勇気と苦闘を認め名誉ある者と敬意を奉げ、そして死者の魂の安らぎを願った。

十二柱の大いなる神々に祈り、全ての英霊達に祈った。

そして夜、ティタンは身を清めアメデューの天幕を訪ねる。

彼女は同様に身を清め、一糸纏わぬ姿でティタンを待っていた。

◇　◇

朝、布を濡らして身体を拭くティタンにバルマンセが声を掛けてくる。

「何処に行ってた？」

頬に痣が出来ていた。喋るのも少し辛いようで、バルマンセは顔を歪めている。

ティタンは質問に答えなかった。

「大分男前になったな。仕返しか？」

「……別に。俺がティタンだったら、やっぱり殴ってたさ」

「なんだ、しおらしい。らしくねぇぜ」

バルマンセは気に入らないと態度で表している。それはいつもの事だが、今日は少しばかり様子が可笑しい。

視線をティタンと合わせず、時折深く思案しているようだった。ティタンは身体を拭き終えるとバルマンセに向き直る。

バルマンセは矢張り視線を合わせないまま言った。

「昼に発つってさ。残念だったなティタン、アメデューとはお別れだ」

顔色を変えるティタン。平静では居られず、怒りを顕にする。

「親父達は結局逃げるのかよ」

「……昨日は聞かなかった事にしてやったが、それは侮辱か？　名誉ある戦士達に向かって、逃げるだって？」

「事実だろうが」

バルマンセは威嚇するように唸り声を上げた。鼻の触れ合う距離まで近寄ってきて、凄まじい形相で睨みつけてくる。

バルマンセはティタンより頭一つ分背が低い。しかし体格差など気にした風も無く、敢然《かんぜん》と挑みかかって来る。

当然怖気付くティタンではない。二人は睨み合った。

「父さんの判断に逆らうのか？　牡鹿の戦士が、牡鹿のシェフに？」

「カジットはどうなる。お前も飯や寝床の世話をして貰ったくせに」

「ティタンが気になってるのはアメデューだろう！　名誉ある男が、色香に迷いやがって！」

「お前……！」

馬鹿野郎が。どちらの物ともつかない罵声と共に、二人は殴り掛かろうとする。

しかし、その場に影が差す。二人は同時に視線を遣る。

が、その姿を確認する前に影は動いていた。金の髪と髭を蓄えた大柄な男。男はティタンの足を払い、バルマンセの腕を捻り上げると、恐ろしい形相で二人を睨み付けた。

「それは赤銅の牡鹿戦士団の一員として相応しい行いか？」

ロンブエルだ。ティタンも、バルマンセも、この男には敵わない。

「俺達も人間だ、意見を違える事はある。だが怒りに任せて同胞に拳を振り上げるなんぞ、クラウグスの戦士のする事じゃない！　恥を知れ！」

「親父！」

ティタンはすぐさま立ち上がりロンブエルに食い下がる。

「此処を発つと聞いた！　勇敢な兵士達を置き去りにして！」

「そうだ」

「何故だ?!　俺達は常に最も苦しい場所で戦って来たじゃねぇか！　赤銅の牡鹿こそ最も誉れ高き勇者の集い！　その断きこそ、栄光への魁だ！　親父は、俺にそう教えた！」

「今までだってこういう事はあった。何故今回に限ってそんなに食い下がる？」

ロンブエルは真っ直ぐティタンを見詰める。

「アルコンから少しは聞いてる。……惚れたか」

「……あぁ」

「荷物を纏めろ」

「親父！」

「これが最後だ。出発の準備を整えるんだ」

ロンブエルは背を向けて去って行く。その背に呼びかけても、彼が振り返ることは無い。

ティタンはクソッタレ、と怒鳴った。野営地中に響くような大声で。暗い目付きでロンブエルの背を見詰め、その場を去ろうとする。

「待てよ……」

バルマンセが冷えた声を出した。ひり付くような怒りを放ちながら、バルマンセはティタンを睨みつけていた。

「団を抜ける気だな」

「俺は、アメデューについて行く」

「ガキかよ！」

「そうかもな」

バルマンセは俯いた。歯を食い縛っていた。

顔をくしゃくしゃに歪めながら目に涙を滲ませる。ティタンは驚いた。バルマンセが、この皮肉気な弟分が泣くなど本当に稀である。

「駄目だ！　……ティタン、お前はな！　牡鹿の長になる男なんだ！」

「何？」

「間違いない、父さん達が話しているのを聞いた！　十年後には、お前は、お前は……」

拳をぎゅうぎゅうに握り締めている。食い縛った歯からギリギリと音がする。

「俺は……俺じゃ駄目なんだ。畜生、父さんは……クソ、畜生……！」

バルマンセに取ってロンブエルは厳しい父だった。本当に厳しい、厳し過ぎる父だ。どんな場面に置いても自身の力で切り抜けろと突き放された。バルマンセはそれによく応えた。

鍛えて、鍛えて、鍛えた。書にも親しんだ。人の裏を読む事にも長けた。

本当の本当に子供の頃から、彼なりの努力を続けてきた。

ロンブエルに認められたかったからだ。

バルマンセは顔を上げた。服を脱いで上半身裸になる。未だ未成熟ながら、よく鍛えられた瑞々しい肉体が顕になる。

「行かせないぜ。どうしてもって言うなら、俺を殺してからだ」

「……バルマンセ」

拳を構えるバルマンセ。ティタンもそれに応える様に身構える。

◇　　◇

葛藤が無い訳じゃない。

これまで養ってくれた養父。生意気だが心の底では通じ合った弟分。共に戦った名誉ある団の同胞。

それらを捨てる事に、全く迷いを覚えなかった訳じゃない。

しかし、言い訳染みた話になるが、このままで居るのは良くないと思っても居た。

ロンブエルは偉大な男、戦士の中の戦士だ。しかし永遠不変の人間は居ない。彼にもいつしか終りが来る。

そしてその時彼の後継者となるのはバルマンセが相応しいとティタンは思っていた。

だから、その時に至って…………

あぁ止めよう。

アメデューに惚れた。俺はまだまだガキなんだろうが、初めての女と言う訳じゃない。彼女より美しい女も、彼女より頭が良く気の回る女も見てきた。

一時の気の迷いかも知れない。世の中に絶対は無い。

でも、彼女が良い。あの蜂蜜色の髪をたなびかせて、雄叫びと共に魔物に立ち向かい、死した戦友を担いで無謀な撤退戦を試みる彼女が。

そういう女に、惚れたんだ。

◇　◇

バルマンセは目を覚ました。

がた、がた、と不愉快な振動が背に伝わってくる。荷馬車に荷物と一緒に載せられているようだ。

何処からかアルコンの声が聞こえる。

「……俺の言った通りになったな。お前の決断のせいで、赤銅の牡鹿は勇者を失った」

「俺を責めるか、アルコン」

「いや、前々からそんな気配はあった。ティタンは……要らない事にまで気を回し過ぎる」

胸、腹、顎、頬がジンジンと痛むのにバルマンセは気付く。ティタンの硬い拳で猛烈に打ち据えられたのだ。

自分は負けた。ティタンは行ってしまった。牡鹿の次代を担う、ロンブエルの後継者を、自分達は失ったのだ。

「アルコン、俺は」

「良い！　……俺にもお前の気持ちは分かる。兄弟だろう！」

「済まん」

二人の声音から苦悩が伺えた。バルマンセは顔をくしゃくしゃに歪めた。

陽光が眩しい。天から見下ろす太陽に見られぬよう、バルマンセは手で顔を覆った。

「父さん」

「……起きたか」

「父さん、俺、頑張るよ」

涙が止められなかった。父は自分よりも、ティタンを選んだ。自分は父に認められなかった。

悔しくて、悲しいが、それでも父を愛している。

「俺……俺が、畜生、俺……」

「何だ、何を泣いてる」

「俺は、俺は、誰にも負けない男になるよ。ティタンにも、アルコンにも、負けない男になるよ。

俺は、父さんの息子に、相応しい戦士に」

荷馬車に影が差し、大きな手が乱暴にバルマンセの頭を撫でた。

「泣くな、馬鹿息子」

アルコンがからからと笑っているのが聞こえた。

◇　　◇

「良い男だった」

たっぷりとした蜂蜜色の髪を縛りながら言うアメデューに、彼女の部下が茶々を入れた。

「あの若いのですな。騎士アメデューも人の子だったかと、我等一同大層喜んでおりましたのに」

「副官、からかうな」

「本心です。……あの若者と共に歩く貴女は美しかった」

ふてぶてしい笑みを浮かべる副官にニヤリと笑い返すアメデュー。彼等はこの先でじわりじわりと規模を拡大している魔物の群れに一撃入れる為、密やかに進軍している所だ。

「まぁ、あれ程の男に純潔を奉げる事が出来た。苦しい戦いになるが、この戦いで死んでも悔いは無い」

「ご冗談を。貴女を死なせる前に我等が死にます。貴女が死ぬとしたらずっと後。我等の誇りに掛けて、指揮官殿を守り抜きますよ」

「ふぅん？　私は着任して日も浅いのに、随分お前達から信頼を得たようだな？」

「貴女は我等の同胞を連れ帰ってくれましたので」

そうか、とアメデューは頬を掻く。妙に照れ臭くてそっぽを向いた。

その様子を一回りも歳の離れた副官は微笑ましく見ている。

「死ぬべき時は死んで見せるが……。叶うならば生き延びて、いずれまた出会いたいよ」

アメデューは逞しい男の肉体、その傷だらけの肌の感触を思い出す。あの男の手並みは荒々しさを感じる程情熱的で、しかしアメデューを慈《いつく》しんでいた。

何となくだが、遊びでも、からかいでもなかったのだろうなと思う。自分と違って経験豊富であったようだが、肌を重ねたせいだろうかその程度は分かる。

天を仰いだ。あのぬくもりが傍らに無い事に、少しだけ寂しさを感じた。

「ん？　あれは」

副官はふと、東の方角に一騎の騎馬を見つけて訝しがる。

馬上の戦士の赤い革鎧が陽光を跳ね返して光るのが遠目にも分かった。

特徴的な赤い革鎧。レッドアイと呼ばれる強力な魔物の革を用いた高級な鎧で、それは赤銅の牡鹿戦士団が好んで纏う物だ。

「……指揮官殿、貴女に客のようですな」

アメデューは思わず駆け出してその騎馬を視界に納める。口をあんぐり開けて立ち止まると、大声を上げげた。

「ティタン！」

騎馬が剣を掲げた。刃が煌き、風が駆け抜ける。

「何をしている！　牡鹿団は東に向かった筈だ！」

「アンタを追ってきた！」

怒声が返される。あっと言う間に距離を詰め、アメデューの前で下馬する若者。

隆々と鍛えられた体軀が震えている。防塵マントのフードを取り払い、何故か瘤やら青痣やらで晴れ上がった顔を晒す。

ティタンだ。彼はアメデューを抱き寄せ、口付けた。

「団は抜けた。……アンタに惚れたと言った筈だ」

アメデューは手で口を抑えた。自分でも大袈裟だと思うほどの嬉しさが込み上げてきて、はしたなく悲鳴を上げてしまいそうだったからだ。

顔が熱くなる。耳などはとっくの昔に真赤になっているに違いない。

ただ一夜共にしただけの女を追いかけて、戦士団を抜けてきたのか。

「馬鹿な奴だ。私のような貧乏騎士にくっついていたって、碌《ろく》な報酬は出せないぞ」

「取り敢えずもう一度口付けだ。それで手を打とう」

「もっともっと私の事を知ったら幻滅するかもしれないぞ」

「その時はその時考える」

「本当に……馬鹿な奴だなぁ」

先程よりも長く情熱的な口付け。

今度はアメデューからだった。

あとがき

この度は拙作を読んで下さり、有り難う御座います。白色粉末と申します。

アース・スターノベルさんから書籍化の御話を頂き、戦々恐々とする部分もありますが、皆様の御目に掛かる機会が増えて純粋に嬉しく思います。

この『ティタン　アッズワースの戦士隊』ですが、最初は可愛い女の子がキャピキャピしてるのが書きたいなぁと思いながら書き始めました。

でもまずは世界観とかキャラが立ってないと、と思いつつ話を進めていると、結局ここまで女の子が余り出て来ない始末。ウェブ版を読んで下さっている方々にはキャピキャピしてないぞとからかわれる有様です。

しかしその内少しずつ、女の子達が目立つ方向に持って行きたいと思います。

この話の主人公、ティタンは、自分の思う格好良い要素を詰め込んだ男です。

堂々としていて凡その事には怯まず、皮肉屋で自惚れが強くて大口を叩くが、有事にはその言動に相応しい働きをする男。メンタルもボディもタフ&タフ。唸れ筋肉、飛べよ汗。

しかし平素は物静かでストイック。文武の研鑽を怠らず、常に背筋を伸ばして歩く。う〜ん格好良い。

今作でそれらの要素が上手く表現出来ているかは少々自信がありませんが、そういう男を書けるように努力しています。


また主人公を初めとし、各キャラクターの魅力的な絵をデザイナーの獅子猿さんに手掛けて頂きました。個人的には佐藤大輔先生の『皇国の守護者』での凄味が利いた絵が印象的ですが、この度も大変素晴らしい物を描いて頂き、感謝の念に堪えません。

しかし様々な所で御活躍中の所、私の小説の絵なんか描いて貰って良いんかいな、とも思いますが……。


この第一巻では、言ってしまえば「敵が居るから倒すぜ」程度の事しかやって居らず、ストーリーも何も無い状態ではありますが、ここから少しずつ動かして行きたいと思います。

話を進める内にあれやこれやと書きたい事が増え、最終的に風呂敷が畳めなくなる性質の人間ですので常に自重を心掛けていますが、皆様にホットな物語をお届けしたい物です。

兎にも角にもここまで拙作を読んで下さり有り難う御座いました。

重ね重ね御礼申し上げます。白色粉末でした。

発売即重版の人気作！
AKIRA & ISATO
おっさんがびじょ。
MARU YAMADA 山田まる
KAORI FUJITA 藤田香
ゲームそっくりな異世界へ召喚された秋良。
一緒に召喚された相棒のダークエルフ〝おっさん〟は、
本当は４歳年上の美女だった！？
大切な人々を、俺たちが救う！
秋良とイサトの大活躍!!!
3 わるものの意地
2 わるものVS異世界ブラック企業
1 “わるもの”を始めよう！

山田まる先生と藤田香先生コラボによる
異世界召喚ファンタジーの
決定版！

4年前に歴代最強勇者として、
異世界へ召喚された井川勇諸。
苦難の末、魔王を倒し、
世界に平和を取り戻した立役者
……のはずなのだが、
ワケあって今は日銭を稼ぐ木っ端冒険者。
この物語は——、
こんな可哀想な世界最強と、
彼の家族である神竜の子供ノリちゃんが、
異世界最強は大家さんでした
ゆうたろう
イラスト／okama

異世界最強は大家さんでした 1
異世界最強は大家さんでした 2
異世界最強は大家さんでした 3
THE OWNER IS STRONGEST IN THE PARALLEL UNIVERSE
子育てパパは、
歴代最強の元勇者!?
心揺さぶる
異世界系
ホームドラマ
既刊1～3巻ともに大好評発売中!!
毎日を一生懸命に生きる、
そんなちょっとゆるめのホームドラマ。
超がつく親バカ主人公と、
純真無垢なノリちゃんが、
今日も頑張ります!!
著者こだわりの超加筆・改稿と、
書き下ろしを収録して、
待望の書籍化!!

ティタン　アッズワースの戦士隊　1

発行 ―― 2015年10月15日　初版第1刷発行

著者 ―― 白色粉末

イラストレーター ―― 獅子猿

装丁デザイン ―― かがやひろし

発行者 ―― 幕内和博

編集 ―― 大用尚宏

発行所 ―― 株式会社 アース・スター エンターテイメント
〒150-0036　東京都渋谷区南平台町 16-17
渋谷ガーデンタワー 11F
TEL：03-5457-1471
FAX：03-5457-1473
http://www.es-novel.jp/

発売所 ―― 株式会社 泰文堂
〒108-0075　東京都港区港南 2-16-8
ストーリア品川 17F
TEL：03-6712-0333

印刷・製本 ―― 図書印刷株式会社

ISBN 978-4-8030-0808-1